PRA VOCÊ QUE AINDA É ROMÂNTICO

VICTOR FERNANDES

PRA VOCÊ QUE AINDA É ROMÂNTICO

Outro Planeta

Copyright © Victor Fernandes, 2021
Copyright © Editora Planeta do Brasil, 2021
Todos os direitos reservados.

Preparação: Fernanda França
Revisão: Marina Castro e Mariana Cardoso
Diagramação: Vivian Oliveira
Capa: Fabio Oliveira
Imagens de capa e miolo: Rijksmuseum

DADOS INTERNACIONAIS DE CATALOGAÇÃO NA PUBLICAÇÃO (CIP)
ANGÉLICA ILACQUA CRB-8/7057

Fernandes, Victor
   Pra você que ainda é romântico / Victor Fernandes. --São Paulo: Planeta do Brasil, 2021.
   176 p.

ISBN: 978-65-5535-417-1

1. Crônicas brasileiras 2. Autorrealização 3. Felicidade I. Título

21-2291   CDD B869.8

Índice para catálogo sistemático:
1. Crônicas brasileiras

Ao escolher este livro, você está apoiando o manejo responsável das florestas do mundo

Acreditamos nos livros

Este livro foi composto em Chronicle Text G1, Knockout e Druk Text e impresso pela Geográfica para a Editora Planeta do Brasil em março de 2024.

2024
Todos os direitos desta edição reservados à
Editora Planeta do Brasil Ltda.
Rua Bela Cintra 986, 4º andar – Consolação
São Paulo – SP – 01415-002
www.planetadelivros.com.br
faleconosco@editoraplaneta.com.br

*Para todas as pessoas que
continuam colocando o coração
nas coisas que fazem.
Para todas as pessoas que
têm a coragem de serem fiéis à essência.
Para todas as pessoas que
entendem que o amor é o melhor caminho.
Para todas as pessoas que
descobriram que o segredo é amar e fazer o bem.*

*O mundo precisa de mais romantismo.
O mundo precisa dos clichês, que andam em falta.
O mundo precisa de gente que ama e
que acredita no amor.
O mundo precisa de pessoas com
o coração bonito igual ao seu.
Espero que este livro te lembre das
coisas lindas que moram aí dentro.*

EU TINHA TANTOS MOTIVOS PARA SER UMA PESSOA PESSIMISTA E FRIA, MAS MINHA ESSÊNCIA ME IMPEDE DE DEIXAR DE SER ALGUÉM OTIMISTA E ENTUSIASMADO COM A VIDA.

Sabe, eu poderia ter ficado mais frio e perdido essa minha habilidade de ver beleza nas coisas simples e emitir calor através do meu coração. A vida poderia ter me endurecido. Eu poderia ter perdido as cores bonitas que existem em mim. Não seria surpreendente se eu ficasse mais fechado, menos amigável, mais difícil de conviver. Pô, eu tinha motivos suficientes para isso. Juro que ninguém estranharia se me visse assim.

As decepções poderiam ter me colocado dentro de uma concha, poderiam ter feito com que uma muralha da China particular ao meu redor, poderiam ter tirado a minha fé na vida, no amor, nas possibilidades de sorrir e de ser feliz. Elas teriam força para tal façanha. Mas não conseguiram.

Não conseguiram porque algo dentro de mim sempre me sacode e me faz proteger com unhas e dentes as partes bonitas que moram em meu ser. Tem alguma força mágica e inexplicável que me faz acordar, depois de dias de tempestade, disposto a ser melhor, e não a ser pior. Algo no interior do meu coração grita alto: "A essência tá intacta". Ufa! E eu me levanto, coloco um curativo mental em todas as minhas dores, busco os aprendizados e sigo. Eu sempre sigo.

Abro a porta de casa e recomeço. Vejo flores no jardim do prédio e as admiro. Tomo um sorvete na praça e vejo crianças brincando sem medo de serem felizes. Inspiro-me nelas. Conto uma piada boba, rio de outra piada boba. Apaixono-me momentaneamente por sorrisos que esbarram no meu sorriso. E a mesma voz interior me cutuca e diz: "Eu não te falei que a vida continuava linda aqui fora?". É, continua. Continua porque a beleza dentro de mim permanece intacta.

Eu prometo à minha essência que farei de tudo para mantê-la intacta.

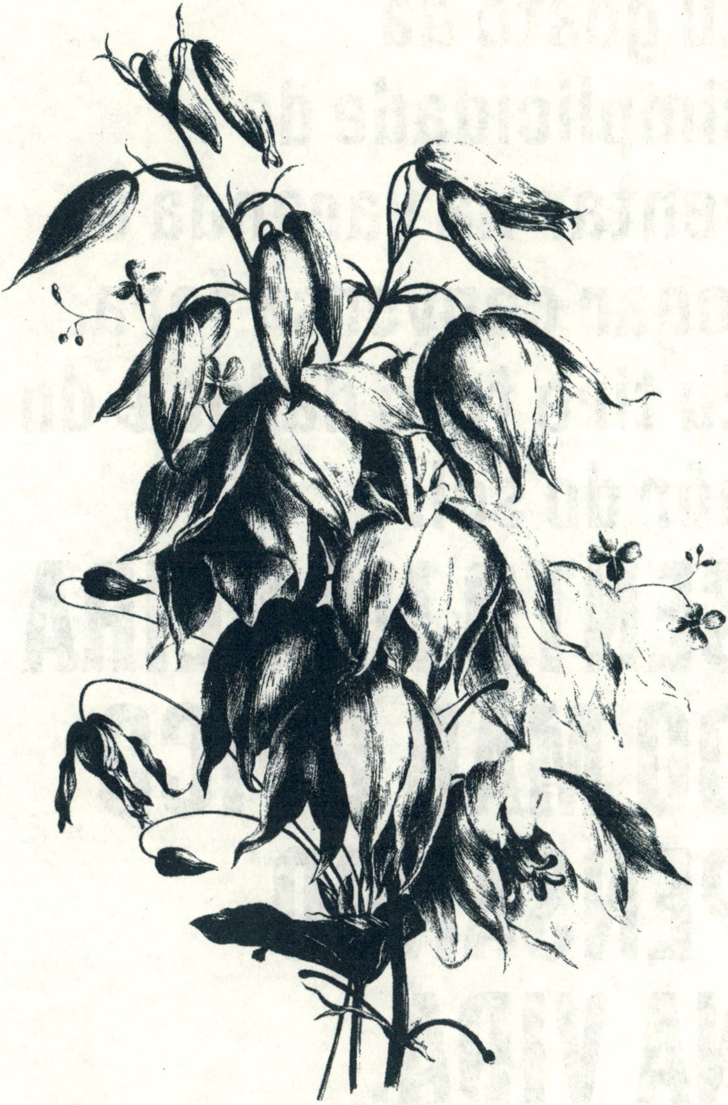

Eu gosto da simplicidade de sentar na varanda e jogar conversa fora. Eu tiro foto da lua e do pôr do sol. **SENTO NA BEIRA DO MAR E FICO PENSANDO NA VIDA.**

Gosto de flores, principalmente girassóis. **SOU DAS PEQUENAS BELEZAS DA VIDA.**

SOU DE ESSÊNCIA, E NÃO DE APARÊNCIA. POR ISSO, PRESTO ATENÇÃO NOS DETALHES, ADMIRO AS COISAS SIMPLES E ME APAIXONO PELA BELEZA DE DENTRO.

Tento captar a essência, sabe?
Foco as coisas simples, os detalhes, as delicadezas.
Observo o que as atitudes dizem. Elas respondem tanto.

Aparência não tem mais o poder de me fazer permanecer.
Não quero coisas que aparentam ser belas.
Quero ver a beleza da essência.
A beleza do significado.

Grandes gestos me fazem saltar os olhos, mas o que faz meu coração pular de alegria é a mensagem de bom-dia, é o cafuné no sofá da sala, é o carinho de dedo na fila do aeroporto.

E prestar atenção em mim realmente me conquista.
Saber que eu não gosto daquela comida e se eu prefiro açúcar ou adoçante.
Saber o que me incomoda e o que pode me agradar.
Lembrar que eu contei que gostava daquela música ou filme.
Perceber meus detalhes, entende?
Isso não tem preço.

Tem valor.

Coisas simples, leves
e feitas com amor me interessam.
Sinceridade, gentileza e
energia boa me encantam.
Valorizo os clichês, que andam em falta.

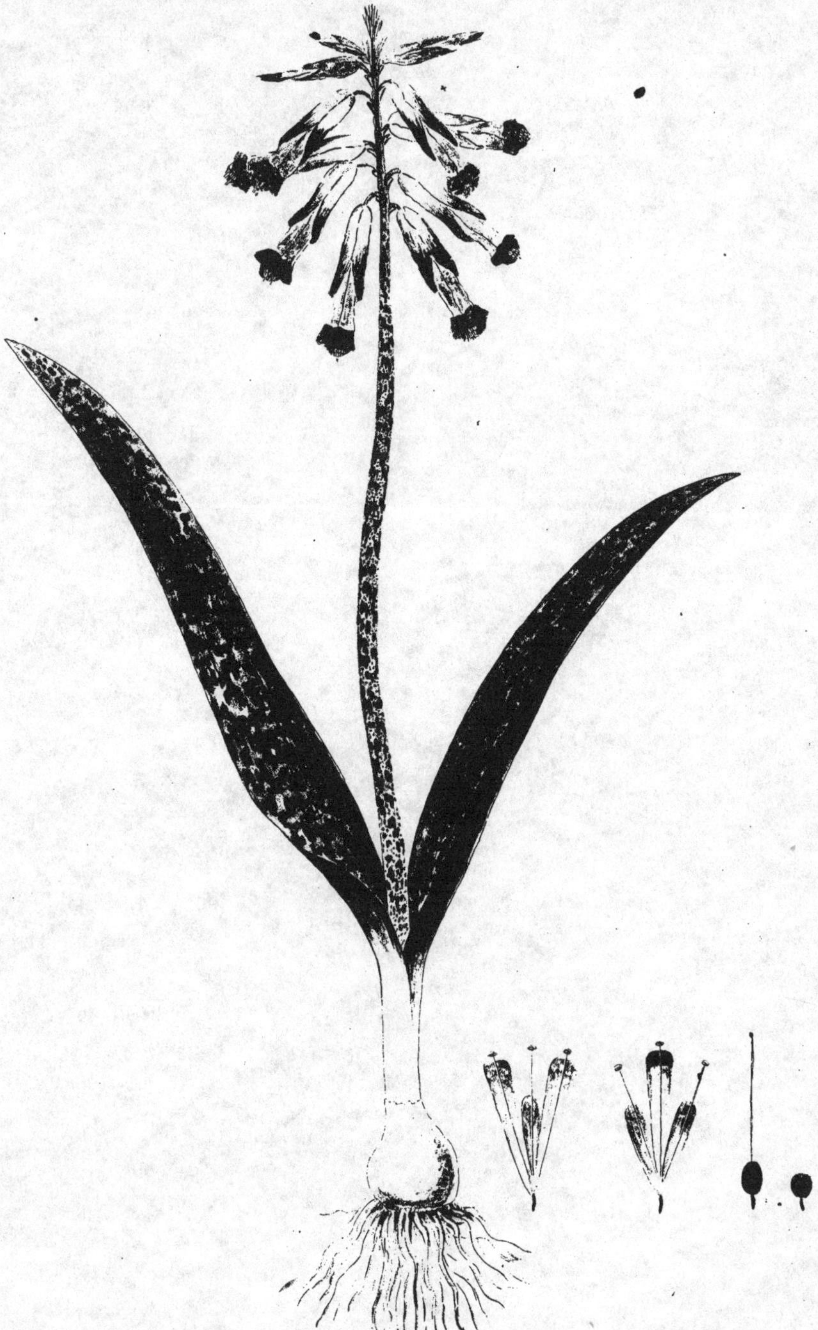

ÀS VEZES TUDO DE QUE A GENTE PRECISA É UM AMOR DO TAMANHO DO MUNDO.

O mundo precisa de mais serenatas e de pessoas que se declaram olhando nos olhos. O mundo precisa de quem ama com coragem e não guarda sentimentos. O mundo precisa de rosas roubadas e umas pequenas doses de exageros. O mundo precisa de pessoas dispostas e interessadas e de um bilhete deixado no travesseiro dizendo: "Eu vou sentir sua falta durante o dia".

O mundo precisa de clichês. De um pouco mais de comédias românticas sendo colocadas em prática no mundo real. De amores intensos e verdadeiros, mesmo que não durem. Amores reais e imperfeitos. Amores que são grandes amores, mesmo que depois virem lembrança e carinho. Amores, meu bem, amores.

O mundo precisa que a gente cultive amores do tamanho do mundo. Amores gigantes, incríveis, épicos! O mundo precisa de responsabilidade ao tocar o coração do outro. Gentileza ao pisar na vida de alguém. Sinceridade ao fazer promessas. Disposição para cumpri-las. O mundo precisa. Ou, pelo menos, o meu mundo precisa.

Eu declaro, aqui e agora, que todo mundo tem direito de viver um amor do tamanho do mundo.

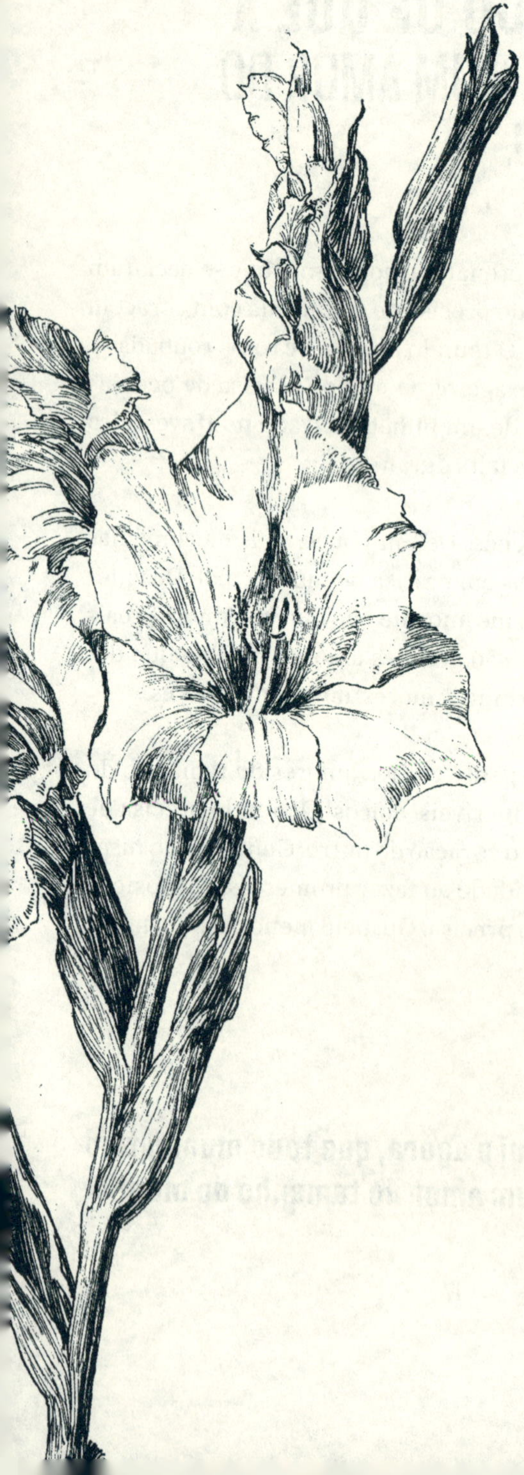

AME HOJE, DEMONSTRE HOJE, FAÇA O BEM HOJE.
A GENTE NUNCA SABE SOBRE O DIA DE AMANHÃ.

pode ser o último beijo
o último abraço
a última festa
pode ser o último café da manhã
a última vez que pegamos o elevador juntos
o último "até mais tarde"
pode ser a última partida de futebol
o último grito de gol
a última comemoração
pode ser a última briga
o último arrependimento
o último machucado
a última selfie em frente ao espelho

**tudo pode ser pela última vez.
leve sempre isso em consideração
e viva com a intensidade que
cada momento pede.**

NÃO ME CULPO SE NÃO VALORIZARAM TUDO DE BOM QUE EU FIZ.

Não me culpo por ter tentado dar o meu melhor. Não me arrependo do esforço, da dedicação, da entrega, da disposição que eu mostrei. Não me sinto trouxa por ter feito planos, por ter sonhado, por ter acreditado. Eu simplesmente não carrego esses pesos.

O amor que eu dei está dado. Ninguém tira. Ninguém apaga. O mundo viu. O Universo sentiu. Em algum ponto dessa galáxia tem pelo menos uma estrela que foi testemunha de que eu fiz tudo com a melhor das intenções. Amar e tentar fazer o bem nunca foram meus erros.

Mas você pode me perguntar, aliás, deve me perguntar, se eu faria tudo de novo. E a resposta é simples e muito sincera: não me arrependo de nenhuma vírgula do que eu fiz, mas, se fosse para fazer de novo, eu faria por outras pessoas, não pelas mesmas. Elas tiveram as chances delas. Já foi, sabe? Simplesmente já foi.

Se não valorizaram? Não é problema meu. Se não retribuíram? Não é problema meu. Quando tiveram oportunidade de me fazer bem, não fizeram? Não é problema meu. Cada um faz aquilo que pode fazer. Meu único erro talvez tenha sido insistir nessas pessoas. Aprendi a pisar no freio e recolher meus sentimentos. Levá-los para outro canto, entende? Principalmente para dentro de mim.

Caminho leve. Leve por ter sido sempre fiel ao que meu coração pediu para ser feito. Leve por ter mantido minha essência intacta. Leve por não ter traído meus valores. Leve por ter tentado fazer o bem, mesmo que de vez em quando eu não tenha conseguido. Leve, porque eu sei que o amor que eu dei um dia me encontra.

Eu gosto dessa sensação boa de ter sido eu mesmo e ter dado o meu melhor para as pessoas. Se elas não valorizaram isso, o "problema" é delas. Ando sempre com a consciência tranquila.

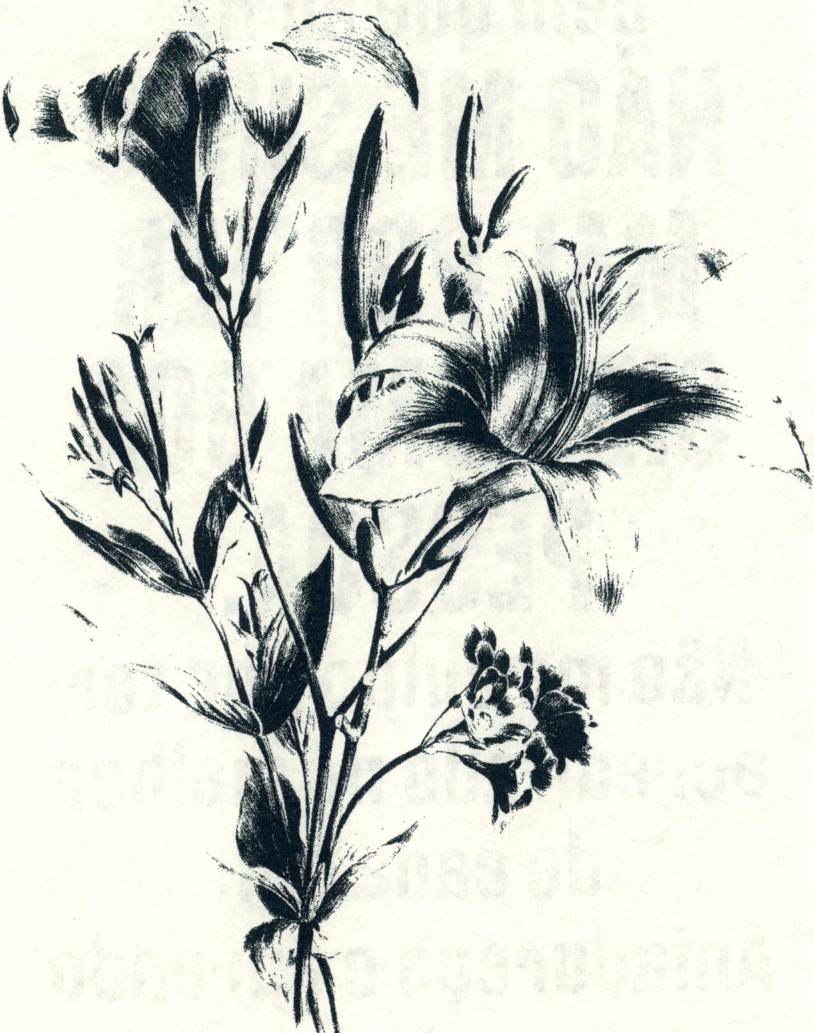

Não me arrependo do bem que eu fiz. **NÃO ME SINTO MAL POR TER SIDO UMA BOA PESSOA.** Não me culpo por ter acreditado no melhor de cada um. Amadureço e aprendo a me proteger, mas

NÃO MUDO MINHA ESSÊNCIA NEM PERCO AS COISAS BONITAS QUE MORAM EM MIM.

EU SOU OTIMISTA E ENTUSIASMADO, MAS FAÇO TUDO ISSO DE MANEIRA MADURA E REALISTA.

A gente tem que parar de se culpar, sabe? Parar de se culpar por ter criado expectativas, por ter feito planos, por ter se entusiasmado com algo, por ter botado fé, por ter acreditado que dessa vez iria rolar. A gente tem que parar de se culpar. Deixar de carregar culpa por ter sentido muito, por ter amado bastante, por ter sido intenso. A gente não pode se culpar por ter sido fiel à essência. Nunca. Jamais.

Isso tudo é simplesmente a prova de que estamos vivos, vivíssimos, tentando ser feliz, tentando lindamente ser feliz. Isso tudo é a prova de que o coração está aberto e disposto, de que estamos correndo riscos, porque a felicidade requer riscos mesmo. Por que se culpar por algo que é tão humano? Por que carregar pesos por ter sido vulnerável? Por que se tornar apático seria a solução para evitar decepções? Não é!

Tudo mudou quando eu parei de apertar meu coração com o peso da culpa. Deixei de lotar a minha vida com as frustrações. Pô, deu errado mesmo! Doeu mesmo! Caramba, olha o tamanho dessa cicatriz que ficou na minha alma! E pronto! Não faz sentido eu achar que tudo sairia perfeito. Nunca sai mesmo. Coisas vão dar errado. Coisas vão sair do nosso controle. Coisas nunca estarão sob nosso controle. A vida é isso, poxa! A vida é assim. Incontrolável, imprevisível, indomável.

Não quero me tornar apático e acho que você também não deveria. Não se iluda achando que se tornar pessimista vai te proteger. Não vai. Você se entusiasmando ou não se entusiasmando sobre determinadas coisas, elas podem dar errado. Com cinquenta toneladas de entusiasmo ou com o mesmo entusiasmo de um bloco de cimento, coisas vão dar errado. Aprendi a ser feliz simplesmente com essa sensação de que pode dar certo. Fico feliz comprando o bilhete de loteria, fazendo planos com aquele bilhete imaginário, sonhando com o que eu compraria, o que eu faria. Descobri que essa sensação tem valor.

O frio na barriga antes de conhecer alguém, a dedicação a projetos e sonhos, o esforço, os planos traçados, as vontades. Tudo isso tem seu valor. Claro que ficaremos felizes com tudo que der certo, e claro que ficaremos chateados com tudo que der errado. Somos humanos, ora! Mas pra que eu vou ficar apático vendo as coisas acontecendo? Quero ser otimista mesmo! E não entenda otimismo como viver no mundo das ilusões onde tudo está bom; longe disso, mas eu prefiro acreditar que as coisas vão sair como o planejado e amadureço para lidar com as coisas que não funcionaram. Sou entusiasmado e maduro.

Que a gente não perca o brilho nos olhos, que a gente não deixe de acreditar que as coisas podem dar certo, que a gente não se torne frio e indiferente, que a gente mantenha a intensidade, a fé gigante, a disposição para ser feliz.

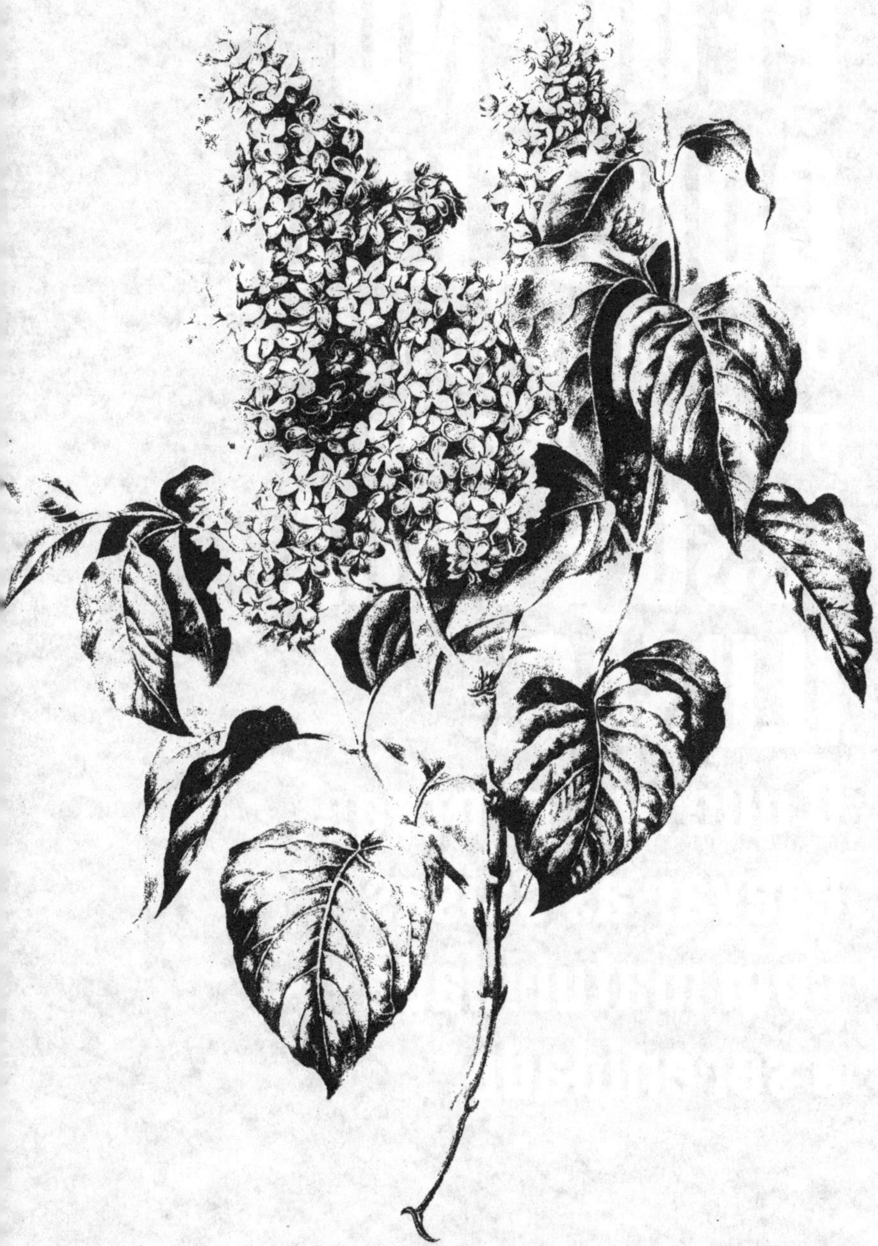

PEQUENO CONSELHO: O pessimismo não te protege de nada. **ISSO É PURA ILUSÃO.** O que nos protege é levar as coisas com maturidade e serenidade.

É finalmente entender que as **FRUSTRAÇÕES FAZEM PARTE DA VIDA,** e que ser entusiasmado e demonstrar afeto é muito mais bonito do que ser frio e fazer joguinho.

COMIGO É COM EMOÇÃO, COM DEMONSTRAÇÃO, COM INTENSIDADE.

eu sempre demonstro, sabe?
desde o primeiro momento
desde a primeira vontade
demonstro, externalizo, coloco pra fora aquilo que sinto
não tenho tempo nem vocação para assumir um personagem na hora de me conectar com alguém

sou muito fiel à minha essência
não traio a minha intensidade
não finjo ser quem não sou
não funciono bem num personagem
principalmente num personagem frio

hoje, para alguns, qualquer pequena demonstração de afeto causa estranheza
qualquer pequeno gesto de afeto gera espanto seguido de "deixe de ser emocionado, cara"
qualquer atitude que foge à linha "frieza & desinteresse" causa um alvoroço nos corações alheios

e eu prefiro, ou melhor, eu só sei ser o que chamam por aí de emocionado
porque são os tais "emocionados" que não deixam o mundo se tornar um gigantesco iceberg sentimental.

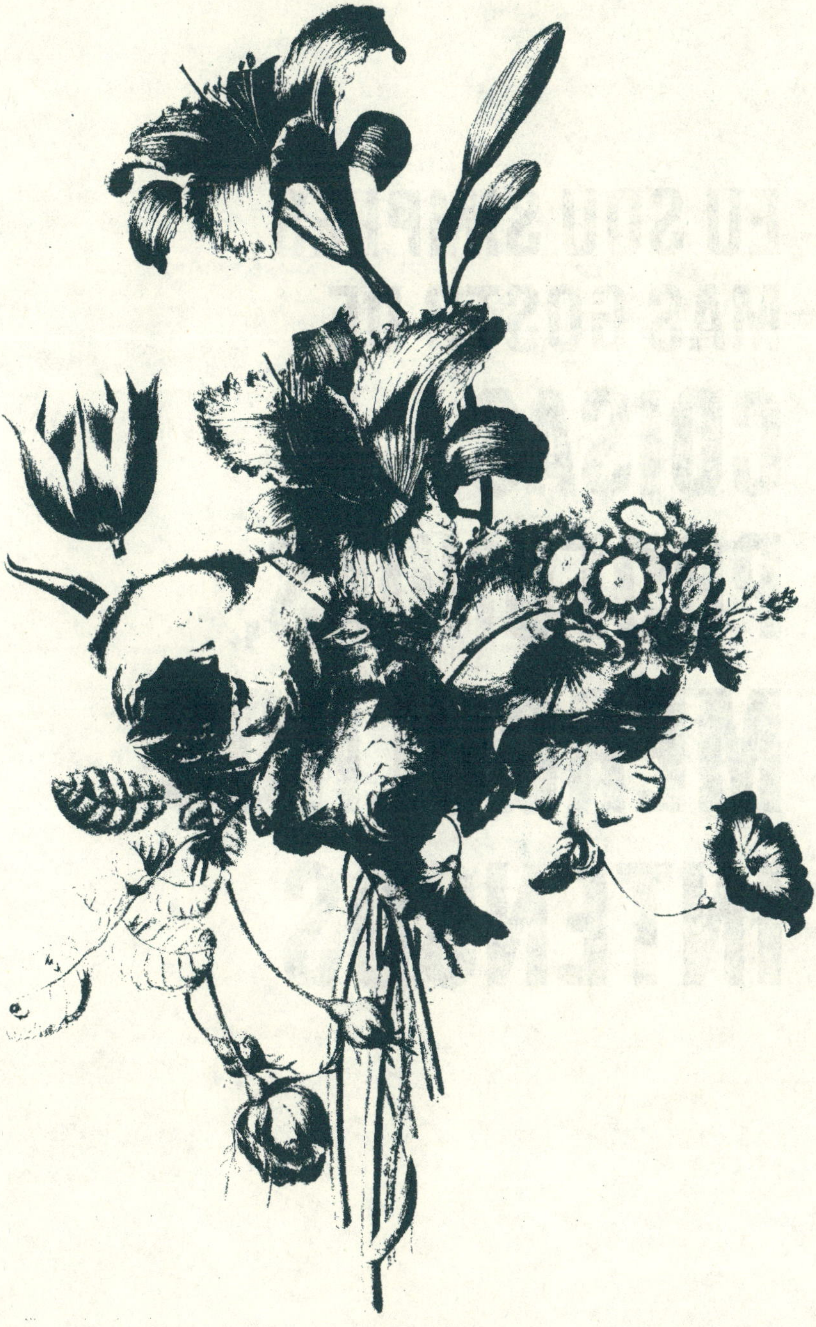

EU SOU SIMPLES, MAS GOSTO DE COISAS PROFUNDAS, MERGULHOS INTENSOS

E AMORES GIGANTES.

CADA UM SABE AS DORES QUE CARREGA E A BELEZA QUE TRAZ DENTRO DO CORAÇÃO.

Você é diferente de mim. Eu sou diferente de você. Saber disso já deveria ser motivo suficiente para que conflitos fossem evitados. Não podemos nem devemos exigir coisas que faríamos de maneira diferente se estivéssemos em posições trocadas. Você tem sua história. Eu tenho a minha. Claro que temos mais coisas em comum do que diferenças entre nós, mas eu sou um universo particular e você também é.

Por mais que eu te explique, você nunca vai saber exatamente como é minha dor. Se ela é mais aguda, se ela é mais constante, se ela surge apenas quando o tempo ou a vida esfriam. Por mais empatia que eu tenha, não consigo dimensionar a sua dor. Mesmo que eu saiba que pedra no rim dói pra cacete, as suas pedras são outras pedras. No rim e no caminho.

"Cada um sabe a dor e a delícia de ser o que é", disse Caetano, e concordo plenamente. E, por concordar, te liberto das minhas expectativas, dos meus planos, das minhas vontades. Você não existe para me satisfazer, você não tem obrigação de corresponder a mim, você não tem que agir do jeito que eu agiria, por mais que eu queira isso. Queira muito. Saber disso torna tudo mais leve, porque posso nortear minhas decisões sem nenhum peso, sem nenhuma culpa, minha ou sua. E você também.

Você vai no seu tempo, no seu ritmo, do seu jeito. Eu vou do meu. E, quando nossas vontades forem distintas, nossos sentimentos não se encaixarem de maneira saudável e nossa conexão for nociva, a gente muda a rota e cada um vai para o seu lado. Cada um levanta e vai embora com o coração carregando a certeza de que ninguém forçou nada, ninguém tentou mudar a essência de ninguém, ninguém apertou o coração do outro.

Não obrigo ninguém a ser do jeito que eu quero que seja nem forço reciprocidade, mas vou embora com o coração leve, porque sei que meu lugar não é ali.

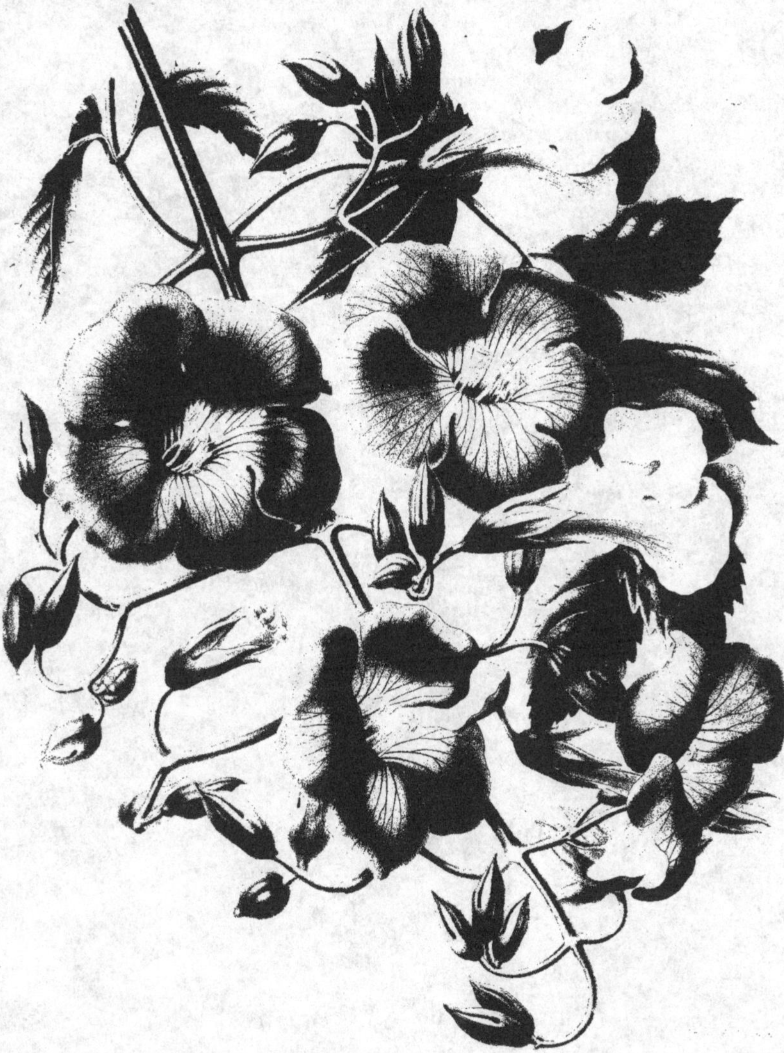

O AMOR QUE EU QUERO
É RARO DEMAIS.

O amor que eu quero anda em falta por aí. Não que ele antigamente fosse fácil de encontrar, longe disso, mas ele tem se tornado cada dia mais escasso, mais escondido, mais contido. Ele existe, disso não tenho dúvidas, mas encontrá-lo é de uma sorte (e competência) tremenda.

O amor que eu quero, ora, ele é construído na rotina, nos detalhes, nas pequenas belezas, nas gentilezas, nas demonstrações. O amor que eu quero é destemido, não se apavora com as dificuldades, não foge quando as coisas se complicam, não some na hora ruim. O amor que eu quero é daqueles em que existe uma vontade gigantesca de se construir um "pra sempre" juntos e que sabe que o "pra sempre" é mesmo uma coisa que acontece poucas vezes.

O amor que eu quero tem segurança e estabilidade. É de muitas certezas e raras dúvidas. É de "vamos tentar encontrar a solução". É o amor da presença, e não das desculpas. É do entendimento de que estar perto não é físico, é questão de disposição, interesse e organização de prioridades. É a mensagem de bom-dia. É o estar longe e dar um jeitinho de diminuir as distâncias. É nunca deixar o outro se sentir sozinho, principalmente quando estão a poucos centímetros.

O amor que eu quero é raridade, porque as pessoas não têm tido tempo nem vontade de conhecer outras pessoas. A gente conhece pessoas o tempo todo e, no fundo, nunca conhece ninguém. Ou quase ninguém. Tá todo mundo com pressa. As despedidas acontecem depois do primeiro pequeno defeito. Não que a gente seja obrigada a permanecer em locais incômodos. Sim, eu sei que nosso amor-próprio não aceita mais determinadas coisas. Óbvio. Mas se na primeira dificuldade tolerável a gente parte, todos os mergulhos serão apenas até o calcanhar.

O amor que eu quero não vai partir quando conhecer minhas cicatrizes, meu passado, minhas dores ainda sentidas, meus pequenos defeitos. Claro que eu tenho obrigação, principalmente por mim mesmo, de corrigi-los, mas o amor que eu quero vai entender que eu estou tentando melhorar e crescer, e vai querer crescer junto. O amor que eu quero traz a maturidade que faz entender que histórias incríveis de amor são construídas tijolinho por tijolinho, e toda obra tem seus percalços.

O amor que eu quero é raro, porque meu coração não aceita pouca coisa e não transborda sentimentos e intenções rasas. Meu coração ficou extremamente exigente mesmo.

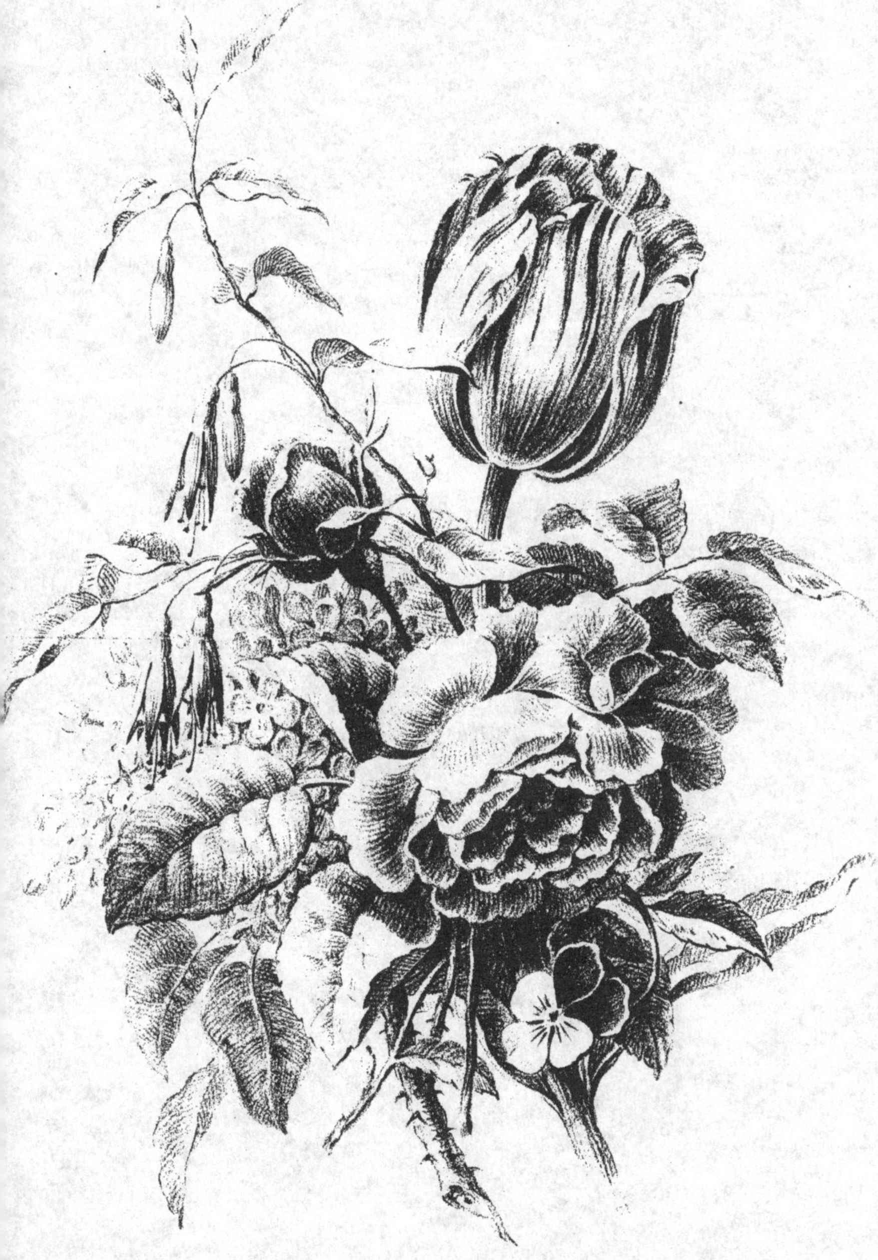

É, EU SEI, CANSA ENCONTRAR MAIS DO MESMO.

Sabe o que cansa mesmo? Ver as mesmas pessoas em corpos diferentes e esbarrar nas mesmas atitudes vindas de pessoas distintas. E talvez uma parte da culpa seja nossa. Por procurarmos sempre nos mesmos lugares, por vermos sinais semelhantes e insistirmos, por essa mania de vermos que é igual às outras vezes e, mesmo assim, acreditarmos que dessa vez pode ser diferente. Às vezes encontramos mais do mesmo e juramos que dessa vez ganhamos na loteria. E o ciclo se repete.

Claro que o mais do mesmo está por todos os lados. Disso nós já sabemos. Imaturidade a rodo, falta de responsabilidade afetiva para dar, vender e emprestar, joguinhos, regrinhas bobas, medo de envolvimentos profundos. Isso tudo, infelizmente, está muito mais para regra do que para exceção. Sabemos. Ou melhor, sentimos na pele. Mas a pergunta mais importante é: como escapamos dessa realidade?

Como fugir dessa produção em larga escala de pessoas afetivamente medíocres? Como saber se estamos mesmo vendo um filme péssimo ao qual já assistimos outras vezes? Como atrair as energias certas para que pessoas "melhores" se aproximem? Talvez tudo comece a fazer sentido quando batermos na mesa e dissermos: "Chega!". O primeiro sinal de porta trancada para o mais do mesmo é quando a gente decide de uma vez parar de aceitar esses romances chinfrins que surgem por aí.

É o já clichê (e necessário) amor-próprio. É bater na mesa, chutar o balde, gritar na varanda: "Eu mereço isso, aquilo outro, isso também e não vou me contentar com a, b e c". É quando você desenvolve a plena e importante certeza do que quer e do que não quer e, principalmente, do que merece e não merece. Quando você tem coragem de olhar na cara dos sentimentos medíocres que surgem na sua vida e dizer: "É só isso aí? Quero não, meu bem".

Cabe a nós quebrarmos os ciclos e deixarmos claro que, se é essa porcaria afetiva que têm para oferecer, ficaremos sozinhos até encontrarmos algo que merecemos. E quem não está de acordo não precisa nem ficar triste, porque existem milhões de pessoas por aí dispostas a aceitar o medíocre, porque ainda não entenderam o valor que possuem e o que merecem. Mas elas também vão descobrir, cedo ou tarde, hoje ou depois, e também não vão aceitar migalhas achando que é banquete. Aí o mais do mesmo vai ter que se olhar no espelho e dizer: "Opa, tá na hora de amadurecer". Não custa sonhar que vai ser assim, né?

Eu não vou cansar de repetir: que a gente nunca mais se contente com esses romances bostas!

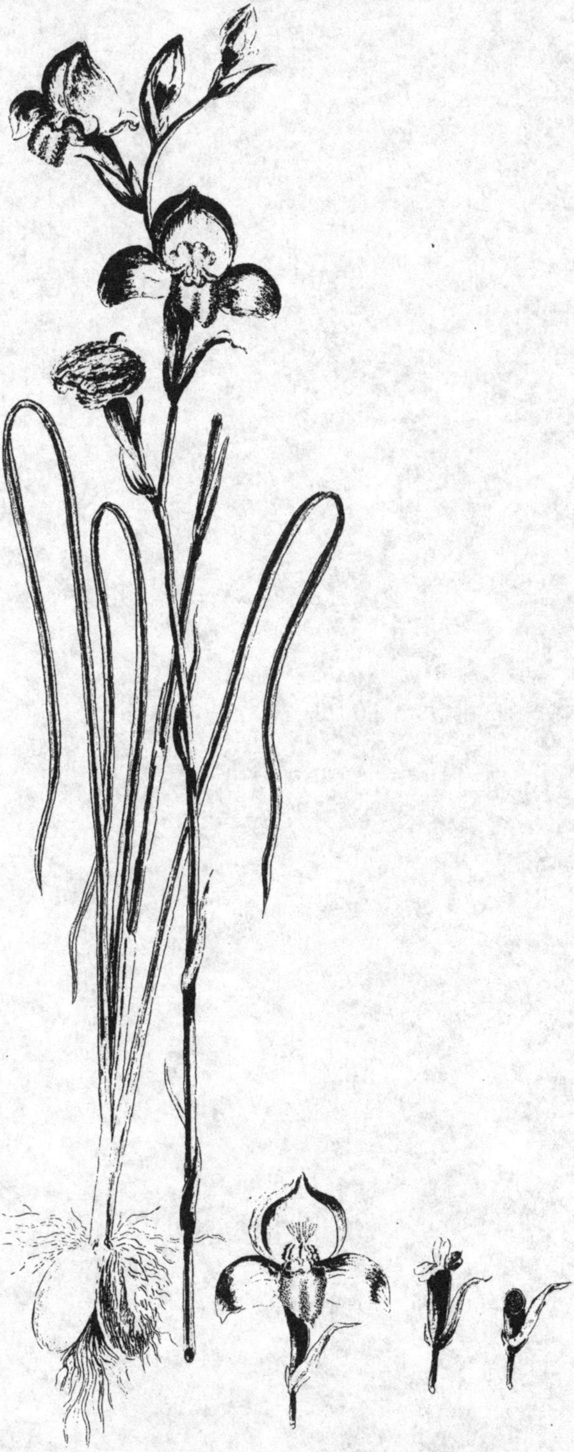

ESPERO QUE TODOS OS SEUS "FRIOS NA BARRIGA" VALHAM A PENA E QUE DEIXEM SEU CORAÇÃO QUENTINHO.

Hoje me perguntaram por onde anda o meu frio na barriga e o que o desperta. Parei alguns minutos para pensar, relembrei umas cento e cinquenta e oito sensações e quatrocentos mil momentos. Lembrei-me das mensagens de texto no meio do dia que faziam meu coração acelerar cem milhões de batimentos por segundo. Lembrei-me das férias de verão e dos amores de verão e do calor no coração de verão. Lembrei-me das conversas no MSN que me deixavam empolgadíssimo e me faziam sonhar. Lembrei-me das conversas nas madrugadas com ex-namoradas, fazendo planos e acreditando num futuro juntos.

Não sei exatamente o que faz meu coração vibrar e minha barriga parecer a convenção internacional de borboletas. Talvez a resposta mais simples e precisa seja dizer que o que me causa frio na barriga é qualquer possibilidade de sorrir e ser feliz. É carregar o entusiasmo de qualquer possibilidade de viver coisas boas com a devida plenitude. É sentir com calma e com verdade todas as delícias que a vida pode oferecer, desde as menores até as gigantescas. A vida é cheia de motivos para sentir frio na barriga. A vida é cheia de motivos para nos sentirmos empolgados, entusiasmados, dispostos.

Declaro oficialmente que é obrigação nossa (minha e sua, que está lendo isso agora) prestar atenção em toda e qualquer possibilidade de sentir frio na barriga e, ao percebê-la, jamais nos sabotar de viver plenamente cada pedacinho dela. Sentir. Sentir com força. Sentir com coragem. Sentir, mesmo que algum dia sentir tenha machucado. Sentir porque merecemos senti-la. Sentir porque, se a vida oferece uma chance bonita de sorrir, dançar, tocar uns planetas e acreditar que a vida é mesmo boa, temos que agarrá-la.

A gente merece frio na barriga e calor no coração, amores leves e sentimentos profundos, calma na alma e intensidade. Nada menos do que isso.

Frio na barriga e calor no coração. **ESSA COMBINAÇÃO É SEMPRE INCRÍVEL.**

EU NUNCA VOU MUDAR TENTANDO CONQUISTAR ALGUÉM.

eu nunca vou mudar para conquistar alguém
eu nunca vou chegar vestindo personagens, fingindo ser o que não sou; eu nunca vou esconder defeitos
vou chegar real
vou chegar de corpo e alma
vou chegar transbordando a minha essência
mostrando o meu ser

não há tempo para fingimento
não tenho vocação para isso
não há tempo para disfarces
eu chego nu, no sentido mais poético da palavra

eu não tenho muitos mistérios, mas vou te surpreender todos os dias
surpresas agradáveis, nunca um disfarce descoberto

chego sendo eu, porque todas as vezes que mudei para conquistar alguém, me afastei de mim, me perdi, fiquei desnorteado
ora, toda vez que mudamos para fazer alguém gostar de nós, é um pedaço de nossa essência que é quebrado
é uma dolorosa traição ao que realmente somos

não mudo para conquistar alguém, porque isso é fazer alguém gostar de outra pessoa, e não de mim
isso é fazer alguém se encantar por uma pessoa que não existe

e logo ela vai perceber isso
sempre dá merda, sabe?
no fim, estarão quebradas ela, eu e a versão minha que eu inventei.

NADA FOI EM VÃO. NENHUM RELACIONAMENTO, NENHUM TROPEÇO, NENHUMA DECEPÇÃO.

Tenho sorte. Sorte por ter o coração que eu tenho. Sorte por ter vivido a minha história. Sorte por ter superado as coisas que eu superei. Não a sorte de ter passado por tudo isso de maneira mágica e sem explicação, mas no sentido de ser grato por tudo aquilo que passou. Amei pra caramba, me decepcionei pra caramba, dei voltas por cima pra caramba. Se não fosse tudo isso, eu não seria eu. E que desperdício isso seria, hein?

Carrego uma gratidão gigantesca, porque, apesar de todas as dores e cicatrizes, estou aqui, disposto a amar de novo e de novo e de novo. Estou disposto a conhecer alguém, a construir uma história, a viver coisas que já vivi, agora com um olhar mais maduro e sensato. A vida nos dá oportunidades bonitas de fazer diferente, de recomeçar, de pegar tudo que foi vivido antes e transformar numa belíssima nova chance de ser feliz.

Meu coração não está intacto. Nenhum coração está. Também nenhum coração está destruído. É impossível destruir corações. Nenhuma decepção consegue isso. Nosso coração é feito de um material indestrutível. A gente sempre supera, porque superar não é a ausência de dor, não é a imunidade a novas dores, não é caminhar como se a vida fosse perfeita. Superar é aprender e, de algum jeito, seguir em frente, sem fechar o coração para o novo.

E, se o amor vier, não tenho medo. Porque eu sei que vou me machucar de novo, sei que tropeços acontecerão, sei que nem tudo vai sair como o planejado e que não existirá perfeição. A gente se machuca em qualquer relação, até nas melhores relações. Ser feliz no amor exige que riscos sejam assumidos. A gente teima em construir uma história bacana e, de vez em quando, consegue. E aí vem aquela sensação de que tudo, tudo, tudo valeu a pena.

O próximo amor sempre será melhor, porque somos melhores agora. Aprendemos demais com cada momento que vivemos.

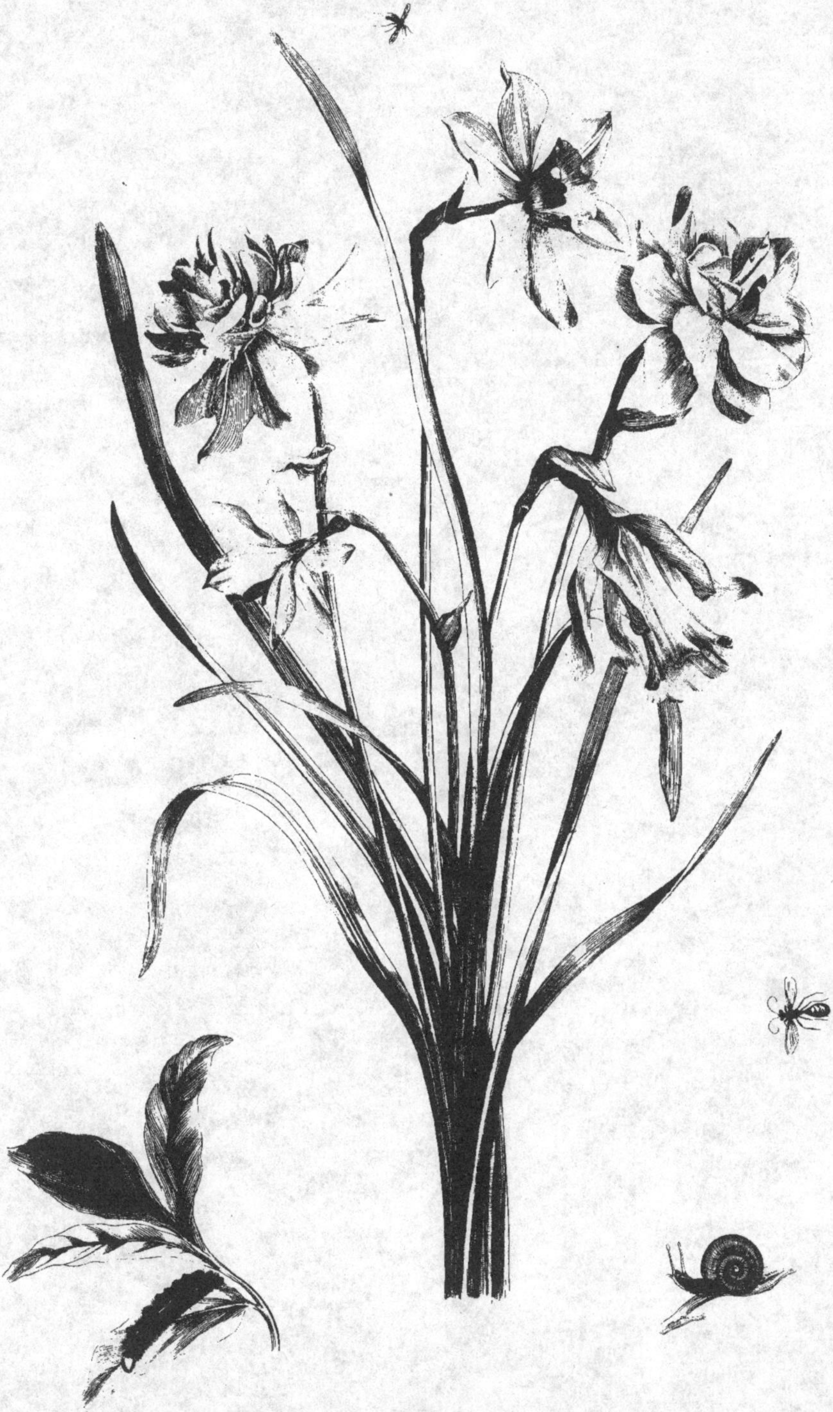

PARA QUEM NÃO SENTE O MESMO, QUALQUER DEMONSTRAÇÃO SUA VAI TER O MESMO VALOR DE UMA NOTA DE 3 REAIS.

Para quem não sente o mesmo, tudo que você fizer não fará nem cócegas no coração desse alguém. Seu charme, suas demonstrações, seus sentimentos, tudo isso ficará apenas na esfera do fofo e do "que lindo". As suas ações mais verdadeiras e profundas não surtirão efeito algum, ficarão apenas no superficial, porque, para quem não sente o mesmo, todo o nosso esforço para entrar na vida e despertar amor é simplesmente ineficaz.

Quando você tenta se conectar com quem não sente o mesmo, você caminha com a sensação de que está escalando o Everest, você dorme esgotado, você convive com frustração o tempo inteiro, mesmo que você esteja caminhando para a evolução de fazer as coisas sem esperar algo em troca. Você faz porque sente, mas qualquer ser humano espera reciprocidade de quem ama. Poucas coisas doem tanto quanto gostar de quem não gosta de nós.

Quem não sente o mesmo dificilmente sentirá. Porque, no amor, esse negócio de água mole e pedra dura não funciona. O máximo que você ganha insistindo num amor que não existe são dores de cabeça, aflição, caos e frustração. Amor é oceano inundando tudo. Ele pode até começar com ondas fracas e mergulhos rasos, mas, quanto mais você segue em frente, mais forte e profundo ele fica. Você vai nadando de maneira natural e serena, e, sem perceber, chega longe sem sentir que fez esforços absurdos.

Com quem não sente o mesmo, você vai viver regando flores que já morreram e que nunca estiveram dispostas a florescer, mesmo que tenham sido plantadas com todo o afeto e cuidado necessários. É um desperdício de vida, de amor e de energia admirar todos os dias um jardim que não vai ser seu, ignorando o fato de que existem milhões de jardins bonitos por aí, jardins que combinariam perfeitamente com a primavera que mora dentro de você.

Não perca tempo com quem não corresponde. Aceite que poucas pessoas vão ser recíprocas e valorize as que são.

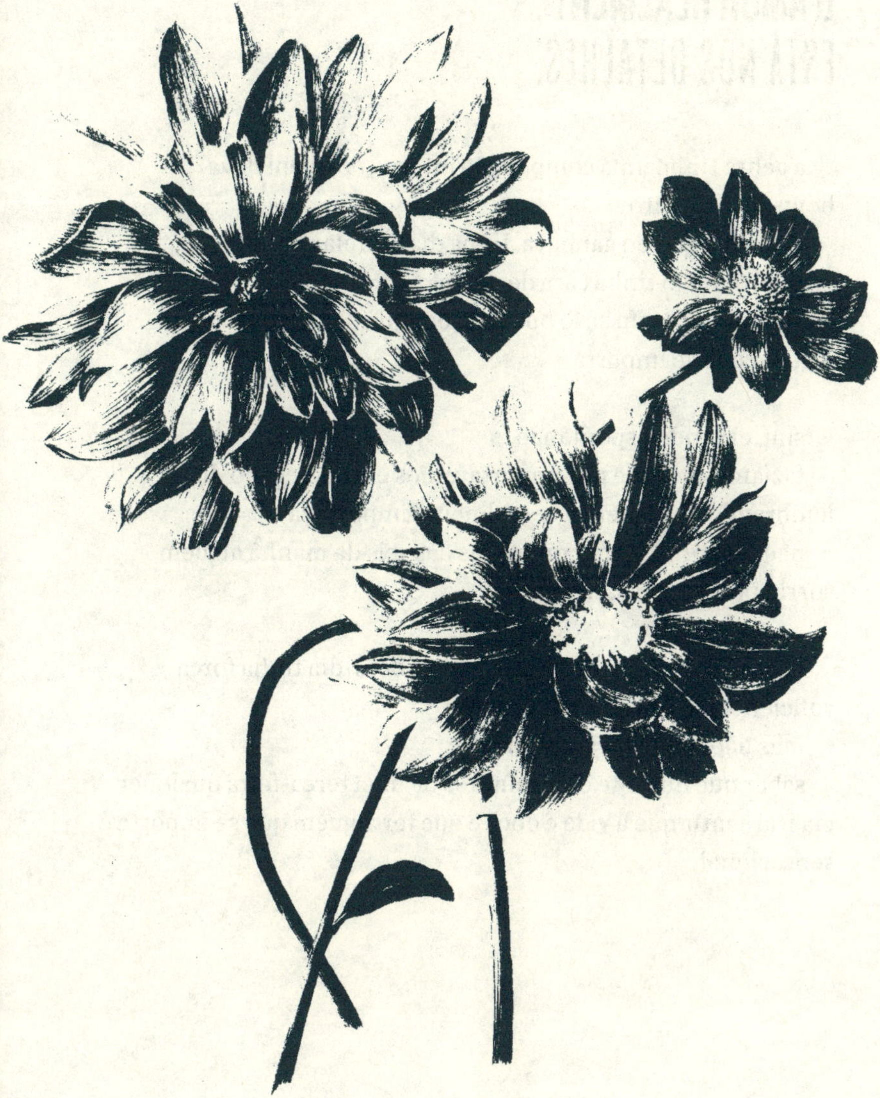

O AMOR REALMENTE ESTÁ NOS DETALHES.

    a gente tinha uma competição interna de quem dava bom-dia primeiro
        tinha dia que eu ganhava, tinha dia que ela ganhava
        e perder não tinha cara de derrota
        apenas uma sensação boa de saber que do outro lado tem alguém que se importa

        sim, era tudo espontâneo
        fazíamos porque nos importávamos em começar o dia lembrando de alguém que realmente importava
        não tem preço saber que antes das seis da manhã alguém sorriu por sua causa, acredite

        não sei se o efeito da mensagem de bom-dia tinha força suficiente para fazer o dia ser bom
        mas não importava, entende?
        saber que durante dois minutos de uma terça-feira qualquer ela iria sentir que a vida é doce e que ter alguém que se importa é sensacional

e acho que talvez essa seja a mais simplória definição de amor: fazer com que a vida de quem a gente ama seja um pouquinho melhor, um pouquinho mais leve, um pouquinho mais doce

amor, meu bem, não é feito apenas de vitórias
mas se soubermos amar e se nós formos amados do jeito que merecemos
vamos sempre caminhar com a sensação de que ganhamos uma Copa do Mundo
todos
os
dias.

VER OS OLHOS DAS PESSOAS BRILHANDO FAZ MEUS OLHOS BRILHAREM TAMBÉM.

Eu entendo pouco de signos ou de dança, por exemplo, mas gosto de ouvir as pessoas que entendem desses assuntos falando sobre eles.

Gosto de ver qualquer espécie de entusiasmo, de paixão das pessoas falando sobre aquilo de que elas gostam, sabe?

Empolgação me encanta.

Empolgação pela vida.
Por um sonho.
Por um animalzinho.
Por uma música.
Por um lugar.

Entusiasmo por qualquer pequena ou grande coisa que faz o coração bater com mais força sempre me deixa meio bobo.

Ver os olhos das pessoas brilhando faz meus olhos brilharem.

Acho completamente sedutor ver as pessoas falando sobre suas paixões como se estivessem descrevendo um planeta ou uma estrela recém-descobertos por elas.

Admiro as paixões e
as conquistas das pessoas.
Fico feliz com a felicidade delas.
Eu sempre quero ser a pessoa do
"tô tão feliz por você,
vamos comemorar isso onde?".

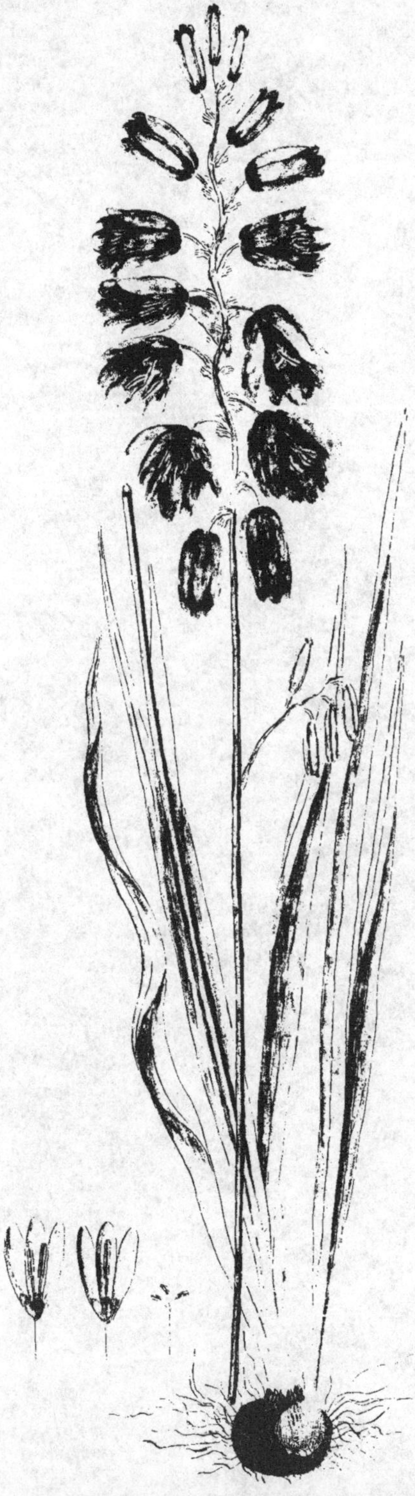

QUE AS PESSOAS QUE CHEGAM EM MINHA VIDA VENHAM PARA SOMAR COISAS BOAS E FAZER BEM. NADA MENOS DO QUE ISSO.

Não me prometa amor, porque promessas quase sempre são quebradas.
Ame na prática.
Que as suas palavras venham acompanhadas de atitudes, é isso que me encanta.
É nisso que eu presto atenção.

Não fale nada que não seja de coração.
Nada só para me agradar.
Tenha sinceridade em cada ação.
Machuque com a verdade, jamais com a mentira ou a ilusão.

Seja brutalmente real.
Seja uma pessoa imperfeita.
Juro que não espero perfeição de ninguém.

Ame com coragem ou me ame de longe.
Mergulhe profundamente ou procure outro oceano.
Sinta por inteiro, porque metades não fazem ninguém feliz.

Aliás, eu já saio de casa feliz. Nunca se esqueça disso.
Eu vou juntar minha felicidade à sua e espero que você sempre saia de casa com a vida lotada de felicidade.

Mas saiba que o que eu puder fazer para contribuir para a sua felicidade vou fazer. Isso não é uma promessa. É uma constatação.

Venha com a disposição de trazer coisas boas para o meu mundo, mesmo que não seja amor, mesmo que não dure pra sempre. A gente faz uma história boa. Talvez seja isso que importe no fim das contas.

E, se eu não for a pessoa certa, que eu seja uma lembrança bonita que você guarda num lugar bonito do seu coração. O seu lugar certamente estará guardado no meu. Isso não tem preço.

Das pessoas, eu quero verdade, disposição, coragem para demonstrar e bancar o que sentem, e responsabilidade ao tocarem o meu coração. Parece muito, mas é o mínimo...

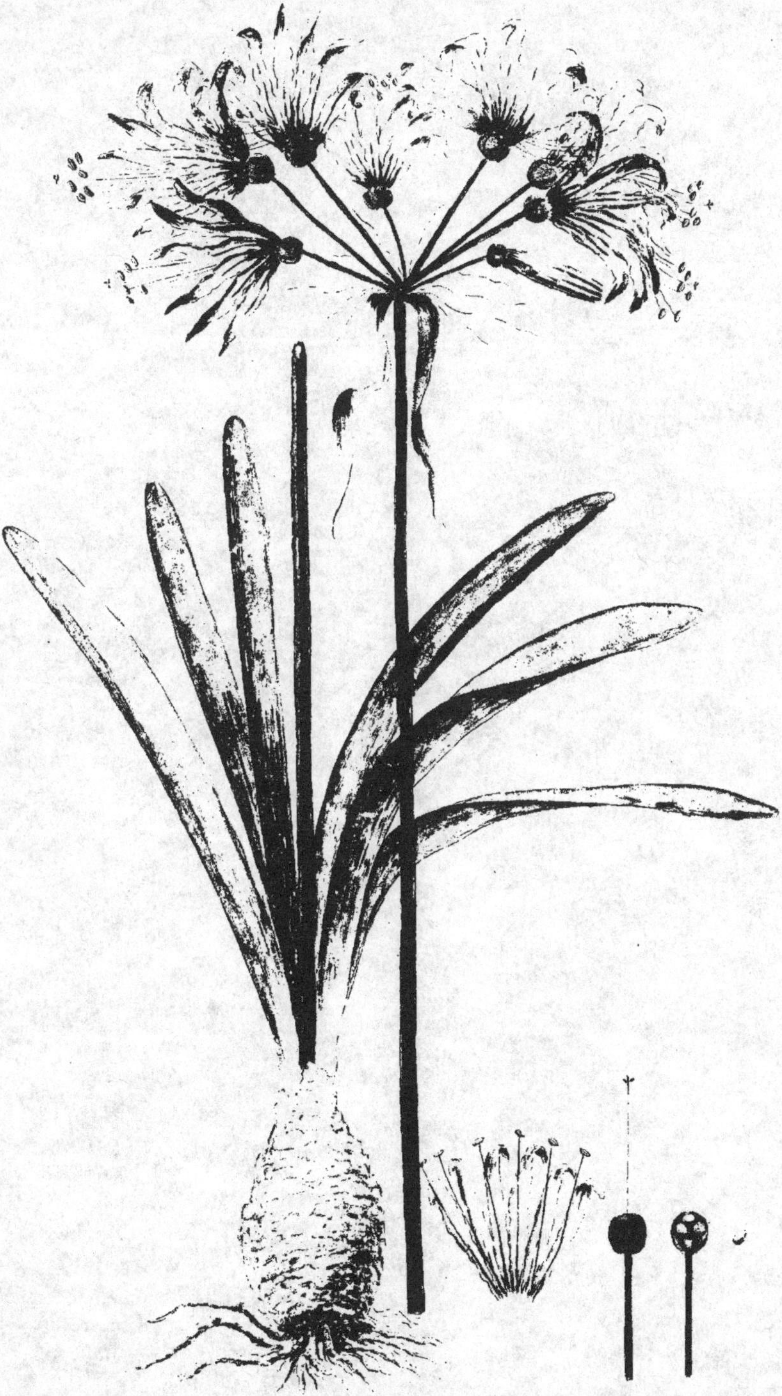

O JEITO COMO VOCÊ TRATA OS CORAÇÕES QUE SE ENVOLVEM CONTIGO DIZ TANTO...

O cuidado com que você entra no mundo de alguém diz muito.

A forma como você trata as pessoas conta muito sobre quem você é.

O modo como você entra, permanece e sai da vida das pessoas é uma boa resposta sobre aquilo que elas significam pra você.

É preciso cuidado e respeito ao tocar o coração de alguém.

É preciso uma certa delicadeza para pisar dentro de um coração que te convidou para conhecê-lo por dentro.

É preciso a coragem e o caráter de agir certo, por mais que isso, de vez em quando, seja extremamente desconfortável.

Coragem e caráter para dizer o que sente.

Para jogar limpo e para não jogar com sentimentos.

Para deixar claro o que quer e o que não quer, tudo isso com atitudes. Com ações concretas. Boca e comportamento na mesma sintonia. No mesmo ritmo. Na mesma dança.

Como você lida com o coração alheio é uma medida importante da sua empatia, da sua bondade, do quanto você realmente vai além do próprio umbigo.

Porque é muito fácil pular fora.

É muito fácil dizer: "A gente não tem nada".

É muito simples fugir das expectativas que despertou nos outros.

Depois que o estrago foi feito, poucas atitudes são capazes de consertar as coisas.

A irresponsabilidade ao tocar o coração alheio custa caro. Espero que você não precise sentir isso para saber a maneira certa de agir.

**É só se colocar no lugar do outro, sabe?
É só pensar "será que isso vai machucar fulano?".
É só agir com respeito e empatia.
Isso evita tantas dores...**

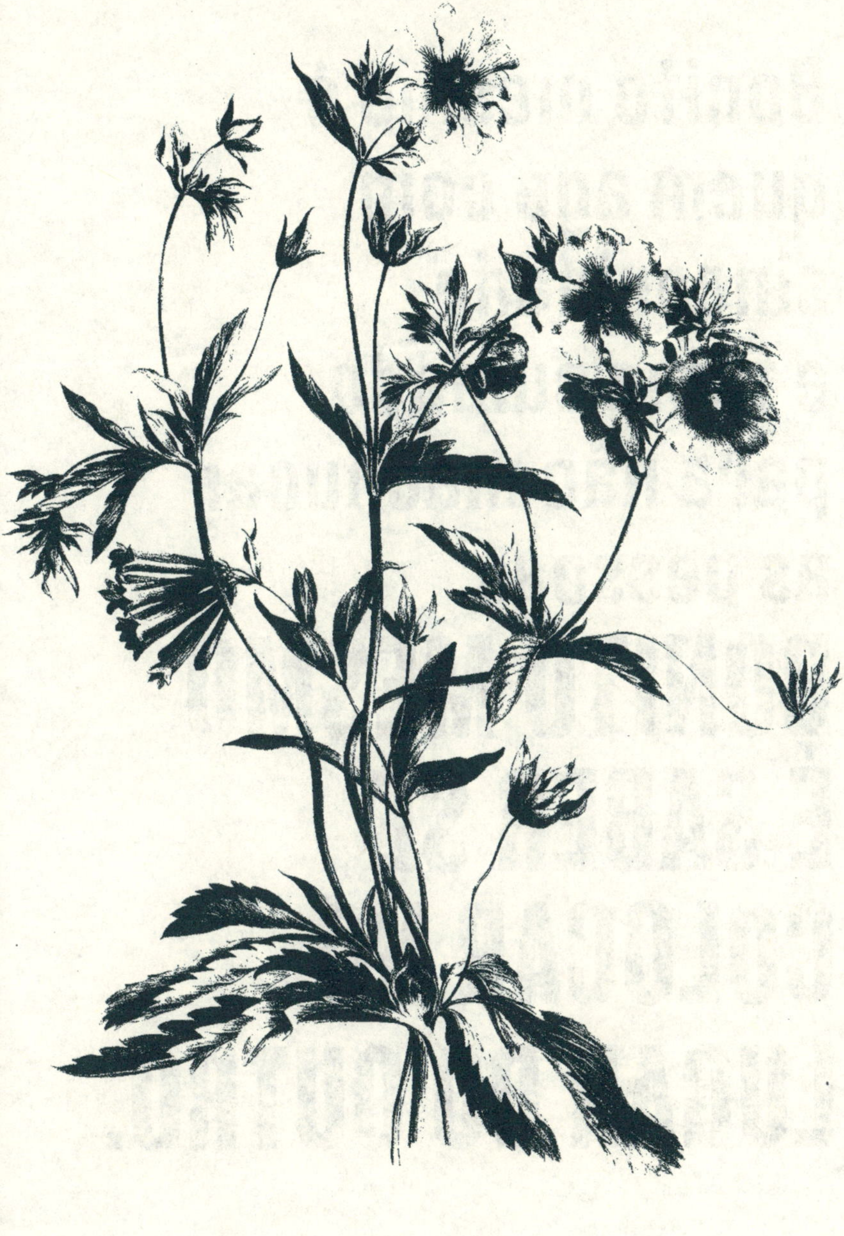

Bonito mesmo é quem age com sinceridade e toma cuidado para não machucar as pessoas. **BONITO MESMO É SABER SE COLOCAR NO LUGAR DO OUTRO.**

BONITO MESMO É TER EMPATIA.

BUSCO SEMPRE SER O TIPO DE GENTE QUE DESPERTA NAS PESSOAS UMA SENSAÇÃO DE "QUE BOM QUE EU TE ENCONTREI".

Gente que não precisa de muito para tornar o momento especial.

Gente que fica feliz com coisas pequenas e entende que a simplicidade tem um valor gigantesco.

Gente que gosta de dar risada, de jogar conversa fora, de afastar os móveis da sala e dançar.

Gente que coloca amor em tudo que faz, que é gentil ao tocar corações, que tem responsabilidade ao entrar no mundo de outra pessoa.

Gente que coloca beleza nos ambientes, porque está sempre deixando as coisas bonitas de dentro transbordarem.

Gente que tenta ver o lado bom.

Gente que tenta SER o lado bom.

Gente que entendeu que a felicidade é feita de pequenas alegrias e de pequenos motivos para sorrir.

Gente que tenta enxergar as outras pessoas.

Gente que abraça mais e julga menos, ou simplesmente nem julga.

Gente que segue buscando ser a melhor versão de si, mesmo depois de ter passado por tantas coisas ruins.

Eu amo gente assim.
Eu busco sempre ser assim.
É uma meta bonita.
É um objetivo de vida.

Sou imperfeito, erro pra caramba, mas tô sempre tentando ser alguém bom.

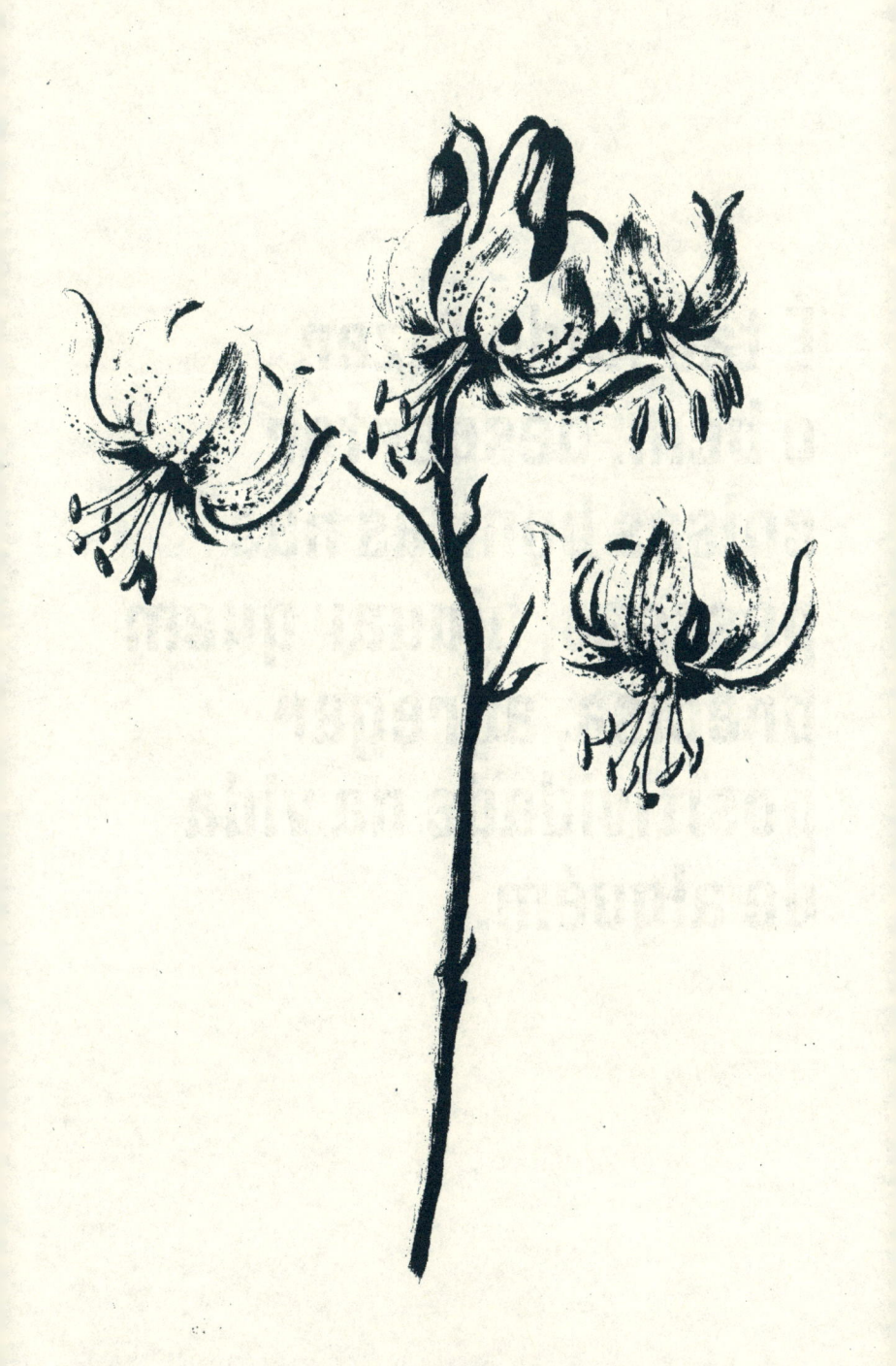

É tão lindo fazer o bem, despertar coisas bonitas nas pessoas, ajudar quem precisa, agregar positividade na vida de alguém.

É BOM DEMAIS SER ALGUÉM BOM.

A PRIMEIRA COISA QUE VOCÊ TEM QUE SABER SOBRE MIM: EU ESTOU O TEMPO TODO CONSTRUINDO MINHA FELICIDADE.

    você talvez não consiga enxergar as cicatrizes que eu tenho
    você talvez não consiga ver as lembranças e superações que eu trago
    mas algo que vai ser sempre nítido
    algo que você vai conseguir notar sem nenhuma dificuldade é que sou corajoso
    eu exalo coragem e força

    eu poderia muito bem fechar o meu coração
    eu poderia muito bem me tornar amargo
    eu poderia muito bem me tornar frio
    tenho tantos motivos para isso tudo
    motivos que me eximiriam de justificativas a mais

    mas eu tenho coragem de tentar de novo
    porque algo dentro de mim grita a todo instante:
    "você merece ser feliz, você merece leveza e paz, você merece amor"
    e eu não ignoro essa voz nem por um segundo do meu dia

    você não consegue enxergar a bagagem que eu trago da vida
    mas você sempre vai conseguir me ver tentando ser feliz e ficar bem
    porque essa é uma das coisas que eu mais sei fazer.

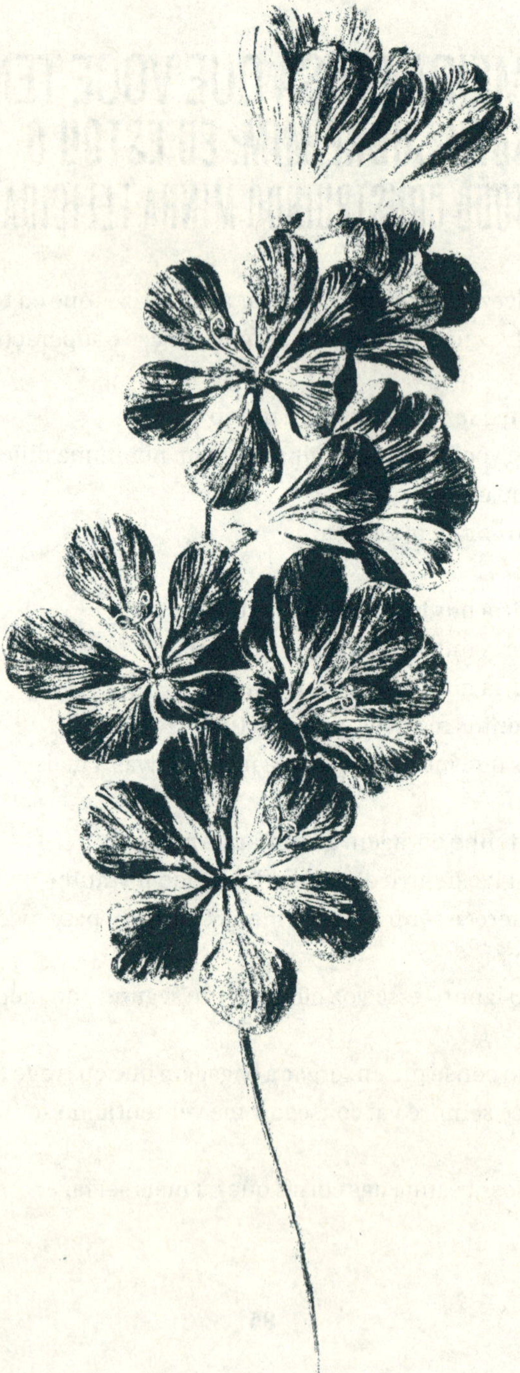

QUERO UM AMOR QUE QUEIRA ME CONQUISTAR TODOS OS DIAS COMO SE FOSSE A PRIMEIRA VEZ.

Quero que me conquistem todos os dias. Não, não estou falando de declarações de amor, não estou falando de provas, de uma necessidade de reafirmação de sentimentos por culpa da insegurança nem nada disso. Estou falando de não deixar apagar aquela chama mágica que nasce em nós quando somos conquistados. Não se acomodar dentro da certeza de que já tem meu coração.

É de suma importância ser conquistado todos os dias, porque eu sei que o amor é tipo aquela flor bonita que a gente precisa cuidar com frequência. O que ela tem de encantadora, tem também de frágil. Os relacionamentos são uma espécie de jardim cheio de pequenos exemplares de flores lindas e frágeis que demandam cuidado. E não, não é um cuidado exaustivo, não é um esforço absurdo. Às vezes, tudo se resume a um "tá precisando conversar?". O outro te enxergar num dia de caos já é suficiente para que a chama mágica vibre e queime e cresça e se alegre.

Estive em relacionamentos em que parecia que existia uma linha de chegada com uma faixa dizendo: "Opa, agora eu te conquistei". Era nítida a sensação de dever cumprido, seguida de alívio, seguido de acomodação, seguida de tédio, seguido de descaso, seguido de estranhamentos rotineiros, seguidos de términos e pontos-finais. Porque é isso que acontece quando a gente não entende que a melhor parte vem depois da primeira sensação de conquista.

Por isso, quando se trata de amor, um dos meus conselhos mais frequentes é: continue mergulhando em quem você ama, simplesmente não pare. Continue se interessando, continue buscando formas de conhecer quem está do seu lado, não existe mistério resolvido. Não se conforme. Não se deixe contaminar pelo morno. A rotina não precisa ser entediante. Mergulhe e dê a oportunidade de que continuem mergulhando em você. O amor não fica raso nunca se você seguir mergulhando com entusiasmo.

Quero amores que me lembrem todos os dias dos motivos de eu ter me apaixonado. Quero amores que não se acomodem e que não se conformem por simplesmente já terem me conquistado. Amores que me conquistem de novo, de novo e de novo.

É UM MUNDO DE AMORES LÍQUIDOS E CORAÇÕES FRIOS, E EU SIMPLESMENTE NÃO ME ENCAIXO.

Eu simplesmente não me encaixo. Não me encaixo nessa coisa de contatinhos. Não me encaixo nesse negócio de tratar pessoas como objetos substituíveis. Não me adapto aos romances rasos que de romance não têm nada. É puro ego. É pura satisfação dos desejos mais rasos. É a pura falta de cuidado ao tocar outros corações.

Eu simplesmente não me encaixo. Não me encaixo ao lado de quem só tem sentimentos fracos e intenções rasas pra me oferecer, não me encaixo perto de quem não se envolve inteiramente comigo por medo de perder outras opções, não me contento com conexões medíocres. O raso não me seduz.

Eu quero ouvir "eu te amo" e ver o amor na prática. Hoje em dia as pessoas dizem "eu te amo" como se estivessem perguntando que horas são. E o problema não é falar que ama. O problema é falar que ama sem amar na prática. É falar que ama e falar isso para outras cinco pessoas. É falar que ama hoje e, poucos dias depois, dizer: "Eu me enganei". Amor é coisa séria. São tempos difíceis para os que amam de verdade.

São tempos de amores líquidos e corações frios. De demonstrações rasas e de joguinhos sentimentais. De muitos contatinhos e poucas conexões. De palavras da boca pra fora e quase nenhum amor do coração pra dentro. Simplesmente não me encaixo, nem me desgasto tentando. Apenas cuido do meu coração e conservo uma bonita esperança de encontrar pessoas diferentes das que encontro por aí.

**E eu sigo repetindo:
não quero contatinhos, quero conexões,
amores verdadeiros, histórias bonitas
e lembranças boas de guardar.**

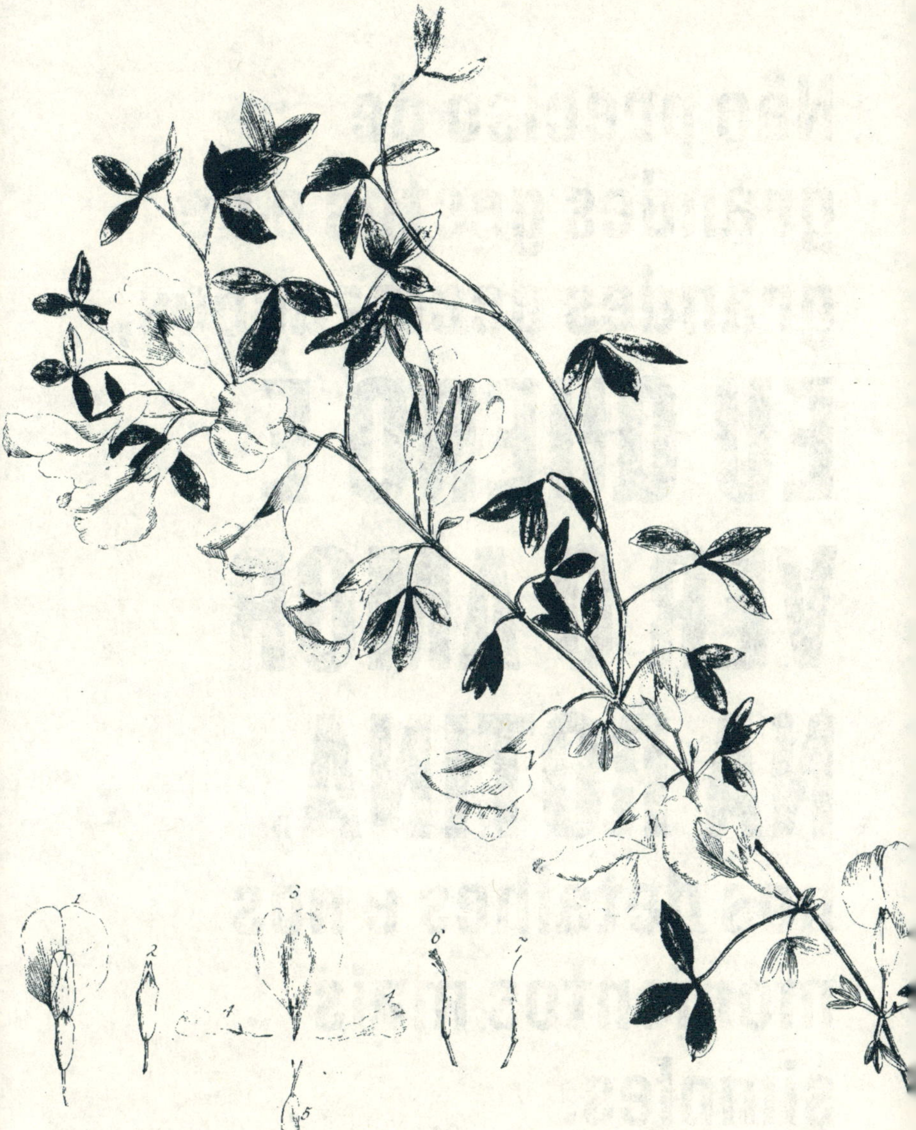
1
2
3
4
4
5
6
7

Não preciso de grandes gestos e de grandes declarações, **EU QUERO É VER O AMOR NA ROTINA,** nos detalhes e nos momentos mais simples.

ALGUNS ROMANCES SÃO COMO O CARNAVAL. DURAM POUCO, SÃO EXTREMAMENTE INTENSOS E DIVERTIDOS, MARCAM NOSSA VIDA DE ALGUMA FORMA, MAS ESBARRAM NA ROTINA E NÃO DURAM.

    nos conhecemos
    nos encantamos
    nos sentimos tocando nuvens e dançando com estrelas
    e aí fazemos promessas no calor do momento
    acreditando que o futuro é nosso e que nada nem ninguém tem força para nos tirar do trilho
    isso é perfeitamente normal

    nos apaixonamos
    perdemos qualquer habilidade de imaginar a vida sem o outro
    falamos: "caramba, nunca fui tão feliz, você me fez sentir em semanas aquilo que nunca senti em anos"
    não é mentira
    talvez apenas uma intensidade exagerada
    o calor do momento é de quarenta graus (na sombra)

    aos poucos vamos nos conhecendo de verdade
    os defeitos aparecem
    ou melhor, estavam ali, mas só agora foram vistos com a devida atenção
    a rotina chega trazendo uma verdade implacável: sentimentos fracos não resistem ao cotidiano

    amores fracos (que, na verdade, nem amores são) tropeçam na primeira demonstração de imperfeição

no primeiro pedaço de rotina menos saboroso
na primeira situação em que mostramos que não somos
aquela pessoa que idealizaram

amores fracos podem até marcar positivamente nossa vida,
mas foram feitos para serem breves
foram feitos para serem o hit do verão que a gente não
aguenta mais escutar em março
foram feitos para durar até a quarta-feira de cinzas
e nada mais.

Algumas histórias serão breves, bonitas, marcantes e nada mais. Sentimentos pequenos estragam rápido demais. E tá tudo bem.

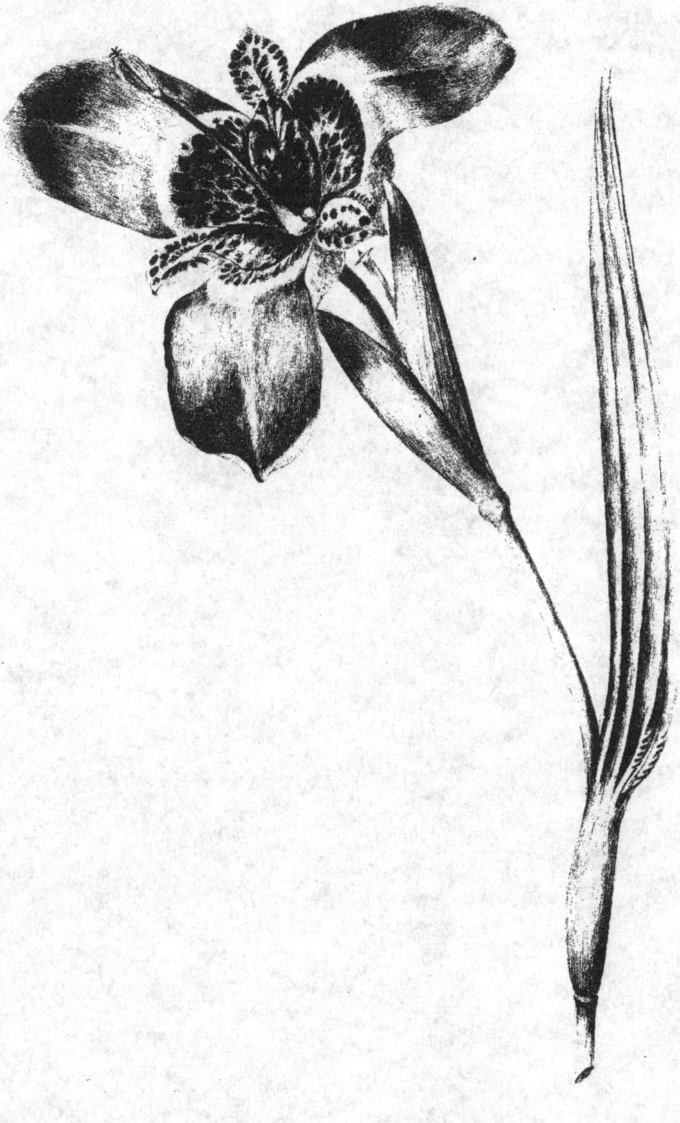

A GENTE NUNCA SABE SE O OUTRO VAI ACORDAR AMANHÃ DIZENDO QUE "O AMOR ACABOU".
AMAR É CORRER ESSE RISCO.

Amor acaba? Eu não sei. Nunca me preocupei com isso. Sério. Quer dizer, já me preocupei, hoje não me preocupo mais. Foi importante entender que não dá para controlar tudo, só temos certeza do hoje. Não, não é aceitar um relacionamento cheio de incertezas, não interprete assim. Não leia isso como um convite para viver algo instável e caótico. Nada disso.

O que eu quero dizer é mais simples do que isso, uma verdade incômoda e óbvia, que a gente evita, sei lá o motivo: talvez quem a gente ama acorde amanhã e perceba que quer ir por outro caminho, que os sentimentos mudaram e os objetivos também. Talvez VOCÊ acorde amanhã e sinta isso. Leia "amanhã" como algo mais figurado, e não literalmente daqui a umas quinze horas, sabe? Talvez você, daqui a algum tempo, perceba que essas coisas que você sente agora e quer agora e planeja agora já não fazem mais seu coração vibrar.

Sim, é uma merda isso, mas a vida é desse jeito. Temos que viver o hoje como se aquilo que estamos vivendo fosse realmente pra sempre (talvez seja). Temos que dar o nosso melhor hoje, fazer planos, nos entusiasmar, querer com força. Temos que ignorar a possibilidade de amanhã tudo acabar. Temos que construir as coisas sem medo de amanhã tudo ser diferente. Mas temos que saber que essa possibilidade existe. Ponto. Isso é um fato. Mesmo que você ame muito agora. Mesmo que te amem absurdamente hoje.

O amor não é uma sentença definitiva. O amor é mutável. Nós somos mutáveis. E não se sinta uma pessoa péssima por isso. E não ache que quem teve os sentimentos por você transformados mentiu quando disse um tempo atrás que queria passar a vida inteira contigo. Talvez esse alguém quisesse mesmo.

Eu não sei se o amor acaba, mas eu sei que ele muda, e quase sempre ninguém tem culpa. Não se chateie comigo por estar te dizendo verdades incômodas e desconfortáveis.

Pessoas mudam, relacionamentos mudam, sentimentos mudam. Entenda. Aceite. Siga em frente.

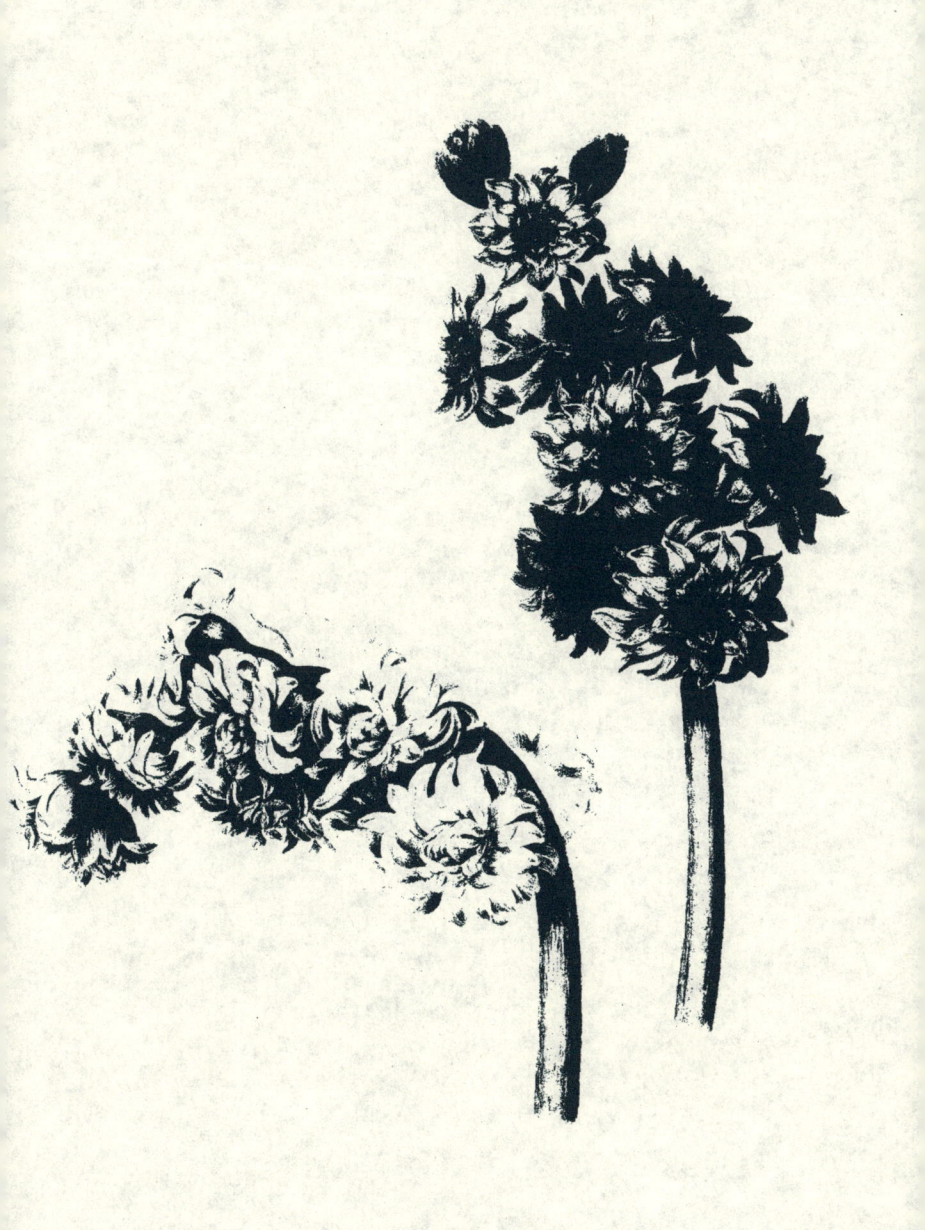

FOI O QUE TINHA QUE SER, COM A MATURIDADE QUE TÍNHAMOS NA ÉPOCA. ENTENDER ISSO TRAZ PAZ.

Não aconteceu na hora errada
A gente amou na hora que dava
Na hora que o coração nos disse: "Vai lá! Ame com força"
Na hora que o relógio do coração determinou que era o tempo certo

Fizemos tudo que podíamos
Com a maturidade que tínhamos na época
Com a capacidade de fazer dar certo que tínhamos naquele momento
Se era pouca ou muita, não importa agora
Foi aquilo que a gente acreditou que dava pra ter sido

De vez em quando, ainda me pergunto: "Acho que não era pra ser, né?"
Mas logo uma voz mais sábia dentro da minha cabeça me diz que era pra ser sim e, principalmente, que foi
Foi o que deu pra ser
Sempre é o que dá pra ser

Claro que, se a gente se encontrasse de novo,
Com mais maturidade e mais experiências acumuladas,
Talvez a história tivesse outro rumo
Talvez fosse melhor
Mas, no amor, não existe espaço para "se"

Nosso amor foi do jeito que foi
Isso não dá para mudar ou apagar
  Só dá para agradecer, reunir os aprendizados, amadurecer e perdoar.

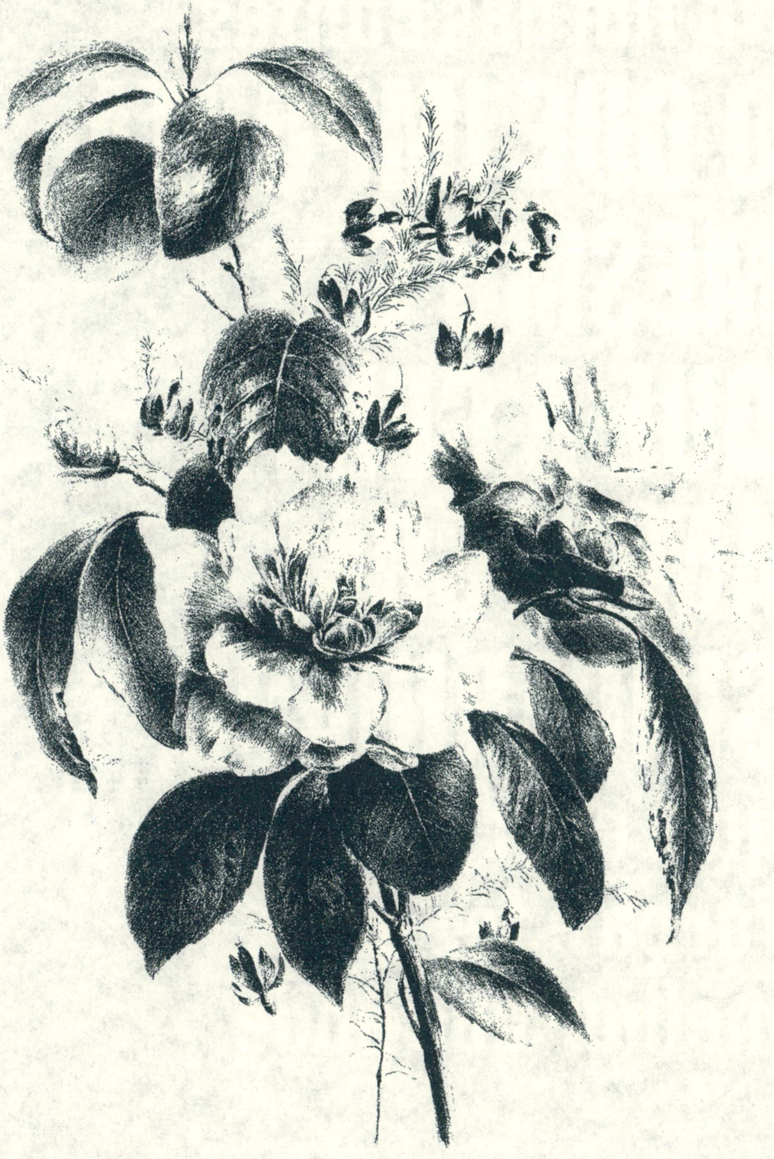

No fim das contas,
O QUE IMPORTA MESMO É QUE A GENTE AMOU COM SINCERIDADE, quis com toda força e fez o melhor que pôde.

É PRECISO MESMO SABER LEVANTAR DA MESA QUANDO AQUILO QUE A GENTE MERECE NÃO ESTÁ SENDO SERVIDO.

— Não precisa mudar.
— Mas eu tenho me machucado tanto, sabe? Tenho sido a minha melhor versão, tenho colocado as melhores partes do meu coração, mas isso tudo só tem trazido caos em qualquer conexão que eu faço.
— Mas o que traz caos é você ser assim ou ser assim com qualquer pessoa? Ser a sua melhor versão te machuca ou, simplesmente, te machuca a falta de reciprocidade e a insistência nela?
(silêncio por alguns momentos)
— Só sei ser assim, independentemente de reciprocidade, independentemente de quem está do meu lado, não consigo dormir sem ser aquilo que sou.
— Você não vai deixar de ser, mas vai ter que aprender a construir uma versão sua que sabe levantar da mesa quando aquilo que você merece não estiver sendo servido.
— E se eu passar fome?
— Você não sabe se alimentar sozinho? Você tem que sair de casa de barriga cheia. Todos os encontros e conexões que fazemos são a sobremesa, não são o prato principal. O prato principal é servido por você, para você, você come sozinho. Você divide partes suas com o outro, o outro também divide com você, mas tudo isso é a sobremesa. Pessoas não se completam, seu coração já é completo, ele apenas encontra outro coração e diz: "Vamos ali transbordar?". Esse é o único jeito saudável de se relacionar.

SE FOR PARA INSISTIR EM ALGO, QUE SEJA NA SUA FELICIDADE, no amor que você tem por si mesmo e no seu amadurecimento.

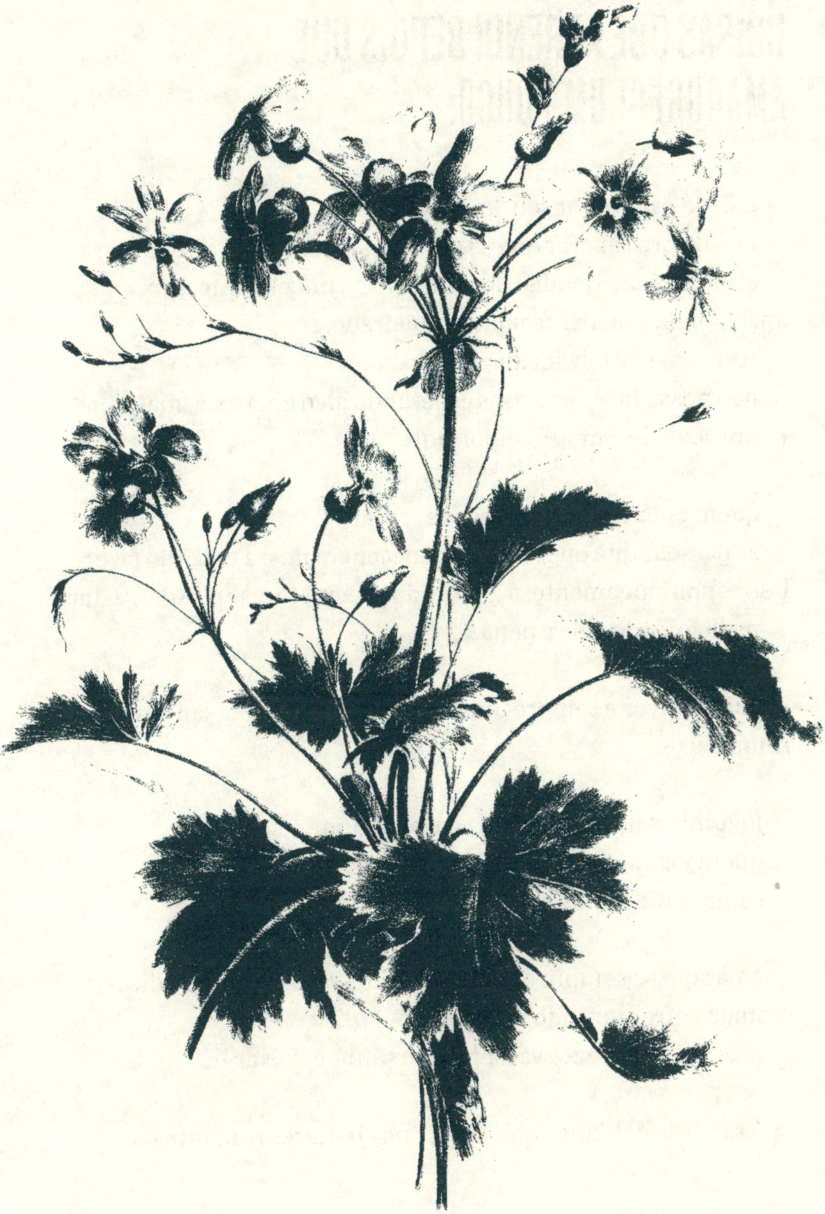

COISAS QUE APRENDI DEPOIS QUE AMADURECI UM POUCO.

não dá pra cobrar sentimentos.
não dá pra esperar que as pessoas ajam do jeito que eu agiria.
atenção é um detalhe do tamanho de um elefante num apartamento de trinta metros quadrados.
conversas resolvem quase tudo.
não posso fazer as coisas esperando algo em troca, mas reciprocidade é muito importante.

quem quer tenta. pelo menos tenta!
as pessoas que querem permanecer em nossa vida vão fazer isso espontaneamente, a gente não precisa forçar e se desgastar.
nada forçado vale a pena.

John Mayer é sempre uma boa trilha sonora em jantares românticos.

joguinhos não nos levam a lugar algum.
quem joga sempre perde a melhor parte.
sempre me perde.

amar quase sempre é sobre segurar a mão do outro e dizer: "vamos enfrentar tudo isso juntos".
mas algumas vezes vai ser sobre soltar e deixar ir.

p.s.: sério, coloque John Mayer nos jantares românticos.

A gente amadurece e simplifica quase tudo:
sentimentos, relações, permanências, planos.
A gente amadurece e aprende
a olhar a vida com mais leveza.

SEMPRE OFEREÇO O MELHOR DE MIM. SÓ SEI SER DESSE JEITO.

Não sei ser metade.
Não sei oferecer menos do que o melhor de mim.
Não sei amar sem coragem, demonstrar sem verdade, sentir sem profundidade.
Não sei ser só mais um na vida de alguém.

Sei que em alguns momentos o melhor de mim não vai ser muito.
Sei que em alguns dias o melhor de mim não vai ser tão bom.
Sei que o melhor de mim está longe de ser perfeito.
Não ofereço perfeição, e sim uma vontade danada de fazer bem.

Sim, não dá para controlar a maneira como vão reagir ao que entrego.
Se vão valorizar ou não, não é problema meu, e por muito tempo eu achei que era.
Não me culpo mais.
Quem souber dar valor vai ter as partes mais bonitas do meu coração.
Quem não souber vai me ver partindo.
Simplifico a vida.

Não insisto em quem me mostra que não faz questão.
Não permaneço em lugares onde a reciprocidade não existe.
Não fico onde me oferecem menos do que aquilo que acredito que mereço.

Do amor, eu quero leveza, reciprocidade,
conexões profundas, intensidade, sinceridade.
Do amor, eu quero tudo que eu dou,
nem um grama menos do que isso.

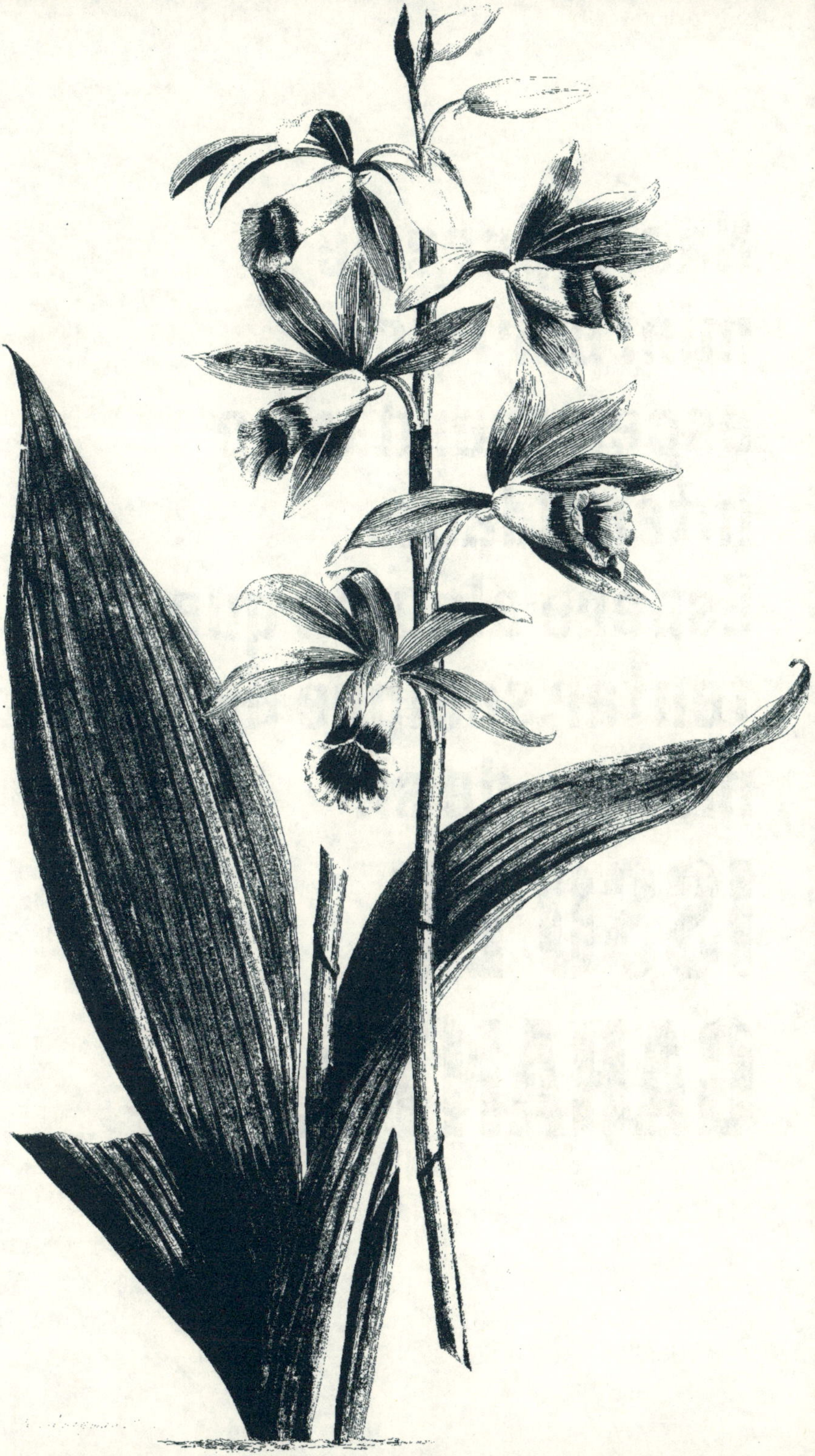

Não espere de mim perfeição, espere verdade e intensidade. Espere alguém que vai tentar sempre dar o melhor de si. **ISSO EU GARANTO.**

EU SEI QUE TENHO UM BOM CORAÇÃO.

Tenho o coração bom, tenho boas intenções, tenho bons sentimentos. Sei disso. Por muito tempo me questionei e duvidei disso, fazia de cada pequeno erro uma grande catástrofe. Me martirizei tanto, tanto, tanto. A cada pessoa que eu machucava, me sentia menor, ruim, sujo. Acho que o tempo tem me feito bem e me trazido algumas certezas.

A primeira delas é justamente a bondade que trago em mim. Nunca, nunca mesmo, machuquei alguém com a pura intenção de machucar e fazer mal. Nunca. A verdade é que a maioria das vezes que errei, no amor, na amizade ou em família, sempre foi com a intenção mais honesta de acertar. Muitas vezes segui meu coração e minha imaturidade e machuquei pessoas queridas. Hoje eu sei que errar e machucar, sentir o efeito de um erro e ser machucado, é algo natural e humano, decorrência lógica das relações humanas.

Eu me perdoo. E é muito importante se perdoar. Perdoar-se e não se sentir má pessoa só por causa de um erro. Não sou um erro, não sou um acerto, sou tudo aquilo que aprendo. Sou tudo aquilo que cresço, absorvo e supero. Tenho um coração bom, sim. Tenho excelentes intenções, sim.

Faço merda. Erro de monte. Machuco e sou machucado. Aprendo com os erros. Evito errar de novo, mas me torno reincidente. Conserto. Aprendo mais outra lição ali e outras acolá. Cresço mais. Ainda vou errar muito, ainda vou acertar muito, magoar e ser magoado, sofrer e fazer sofrer, ser feliz e fazer feliz. Outras pessoas de bom coração vão entender que o processo é esse. Elas estão crescendo junto.

Pessoas boas também erram.
Também têm muito que aprender.
Também são imperfeitas.

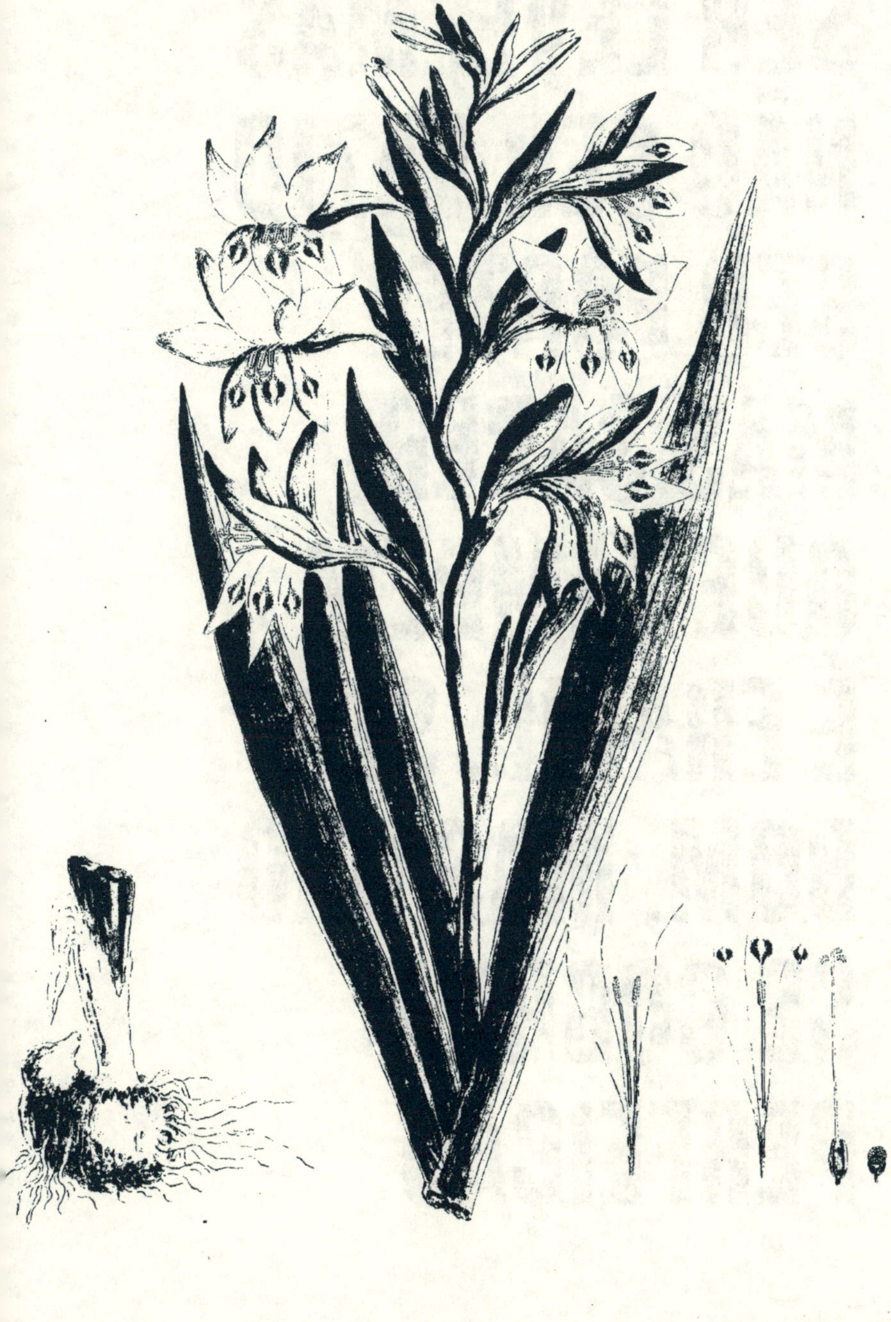

SER LEVE, MAS NÃO SER VAZIO. SER FORTE, MAS SABER QUE TAMBÉM É FRÁGIL. SER BOM, MAS NÃO SE COBRAR PERFEIÇÃO.

QUANDO ALGUÉM FIZER VOCÊ SE SENTIR EM CASA, TENTE NÃO BAGUNÇAR A MORADA.

Quando alguém te der as chaves do coração, respeite a morada. Entre só se quiser mesmo fazer daquele lugar um lar. Chegue com a intenção de ficar, porque, quando se trata de amor, a gente quer alguém que venha para permanecer; coração não pode ser tratado como pedágio ou passatempo. Fique o tempo que achar necessário, coração não é prisão, você pode ir quando quiser, mas saiba se despedir de uma maneira que não deixe uma sensação de "caramba, passou um furacão aqui".

Enquanto estiver ali, seja sincero. Seja verdadeiro sobre as suas intenções e os seus planos. Seja real. Viva plenamente aquilo. Esteja ali de corpo, alma, mente e coração. Seja e esteja por inteiro. Tente trazer a menor quantidade de dúvidas e incertezas, amor precisa de uma base forte e bem estruturada para ser bem construído. Se for causar terremotos, que seja nas pernas, bambeando de entusiasmo para encontrar e matar a saudade.

Espero que você se lembre de tudo isso quando for entrar na vida de alguém. Sim, eu sei que não dá para prever como as coisas vão fluir. Não há espaço para roteiros quando o assunto é amor. Mas saiba entrar e sair dos lugares, pessoas e relacionamentos sempre com gentileza e respeito. Faça de tudo para valorizar o privilégio que é morar no mundo de alguém. Quem sabe ali será o lugar em que você permanecerá até ficar velhinho.

Um dia você encontra alguém que
te faz se sentir em casa, aí você entende que
um dos melhores lugares do mundo
para você morar é dentro
de um amor saudável e verdadeiro.

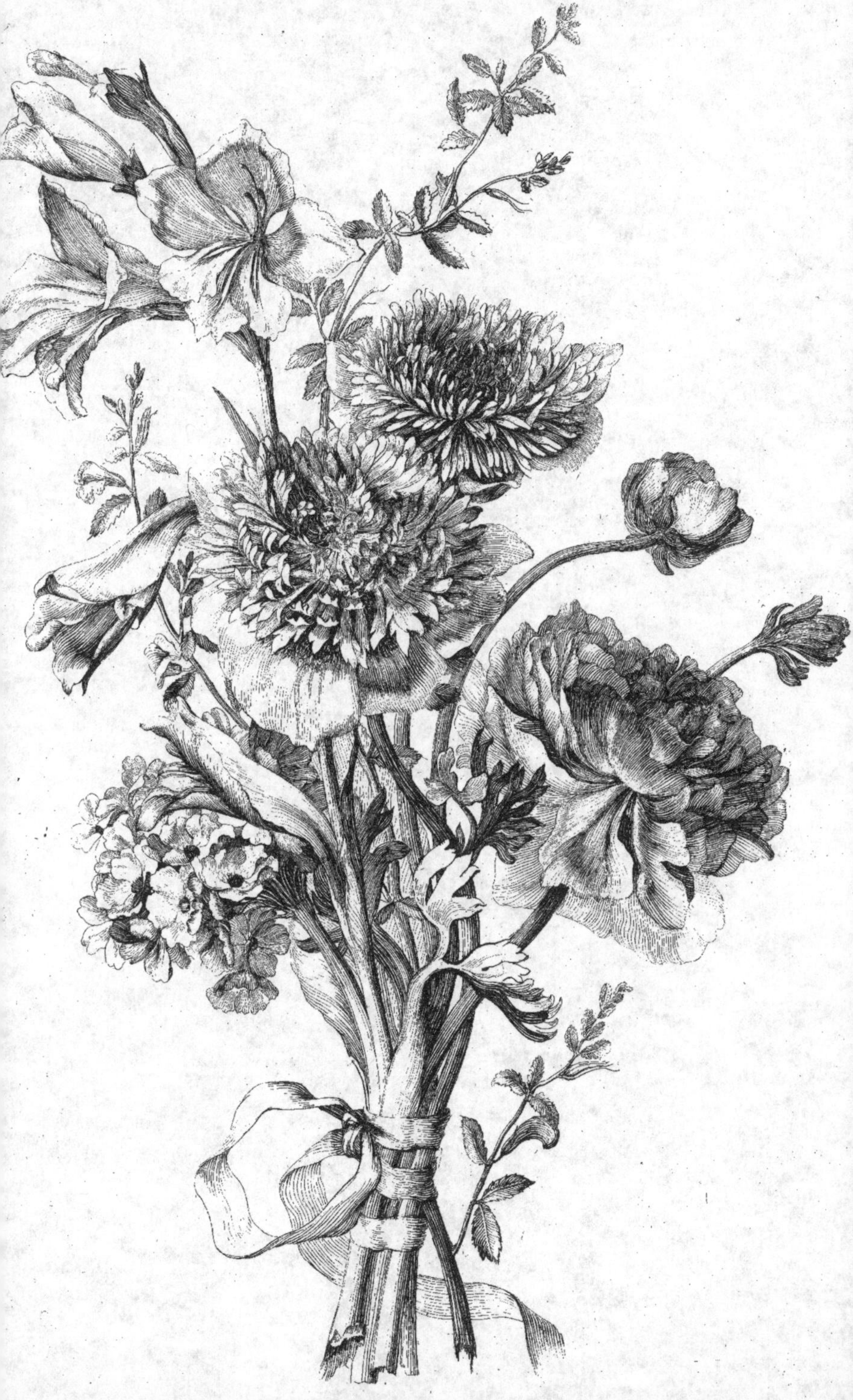

SOU INTENSO, MAS APRENDI A IR NO RITMO CERTO.

Minha intensidade continua intacta, juro. Continuo disposto a mergulhar plenamente nas histórias que valem a pena. Continuo com a coragem necessária para fazer as coisas darem certo. Meu coração continua oferecendo as suas partes mais bonitas, o seu interesse mais sincero, a sua forma mais bem intencionada de se relacionar e muita, muita, muita intensidade.

Aprendi a ir no ritmo certo. Foi questão de sobrevivência mesmo. Ou eu aprendia, ou continuaria me jogando sem paraquedas em histórias que quebrariam a minha cara. Foi maravilhoso entender que dá para ser intenso e ao mesmo tempo colocar calma, serenidade, racionalidade nessa intensidade. Dá para ter coragem e cautela. Dá para ser romântico e, ainda assim, não me emocionar à toa com qualquer pequena faísca de sentimento.

Ser intenso não significa que eu tenho que me tornar uma metralhadora de intensidade disparando para todos os lados como se minha vida dependesse disso. Ser intenso não significa que eu tenho que ir com toda a sede do mundo em todos os potes de água que aparecerem na minha frente. Ser intenso não significa que tenho que ser uma avalanche de demonstrações o tempo todo e em qualquer possibilidade de ser amor.

O objetivo é ser intenso, mas saber ir com calma e paciência. É entender que tudo, tudo, tudo tem um momento oportuno. "Nada dá certo no momento errado", repito constantemente, e é a mais pura verdade. Não dá para pular etapas. Sim, é preciso viver cada história com a plenitude que cada história merece. Sim, é preciso sempre oferecer as partes mais verdadeiras e bonitas de si mesmo. Mas tudo no ritmo certo. Sem pressa e sem pressão. Acelerando quando for necessário. Pisando no freio quando a situação pedir um "vai com calma, coração".

Seja uma pessoa intensa, mas saiba que tudo tem o tempo certo e que nada vai muito longe forçando ou pulando etapas.

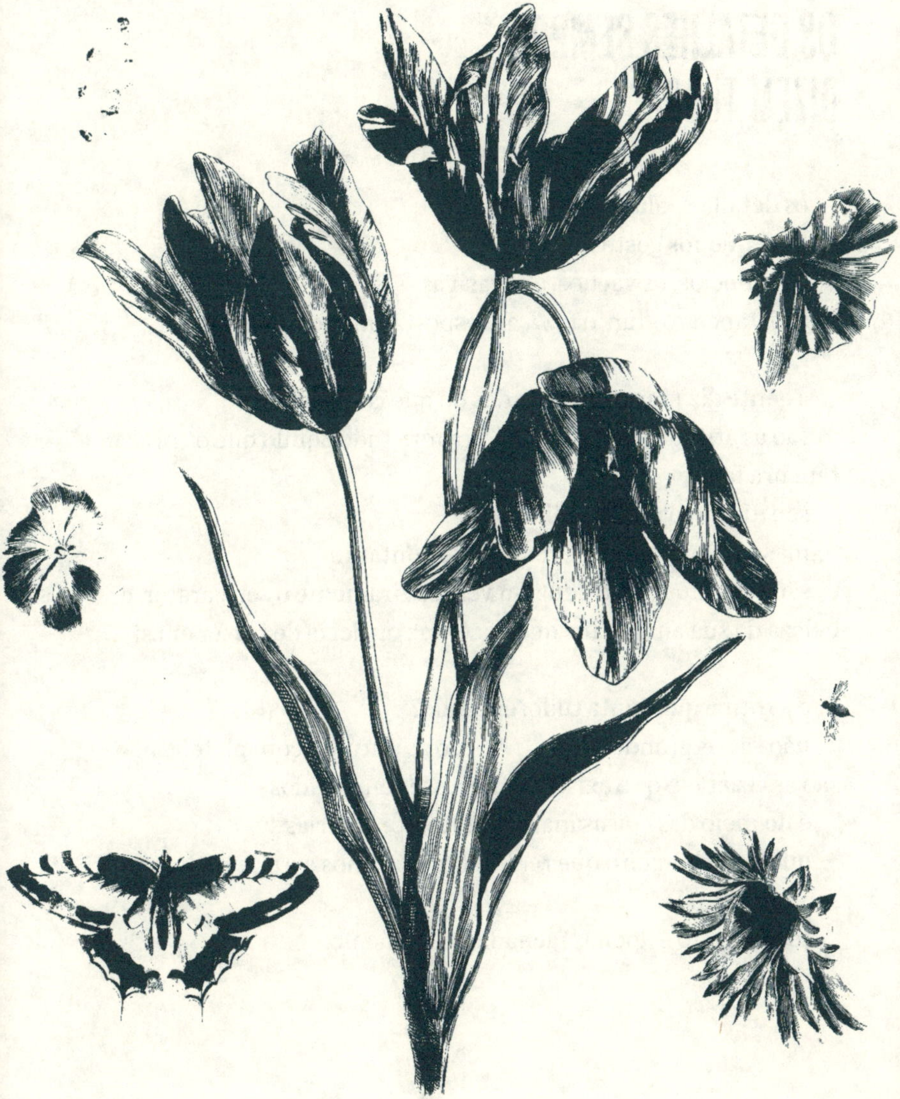

OS DETALHES SEMPRE DIZEM TUDO.

os detalhes falam tanto, sabe?
os pequenos gestos
os silêncios, os vácuos, as evasivas
a distância, o "tanto faz", as respostas monossilábicas

a gente diz mais com atitudes do que com palavras
são as atitudes que colocam pra fora tudo aquilo que o coração tem pra falar
seu discurso pode ser lindo
mas são seus atos que realmente contam
são seus atos que traduzem verdadeiramente o seu caráter, a beleza da sua alma, a luz que você traz ou deixa de trazer em si

é a rotina que conta tudo, entende?
não são as grandes datas, não são as atitudes com plateia, não são as vezes em que existem interesses envolvidos
é no meio das coisas mais simples e ordinárias
que percebemos o que realmente sentimos e o que realmente sentem por nós
todo o resto é apenas fachada e espetáculo.

OS DETALHES CONTAM TANTAS, TANTAS, TANTAS COISAS, PORQUE ELES NÃO SÃO MEROS DETALHES.

EM TEMPOS DE APARÊNCIA
E SUPERFICIALIDADE, QUEM TENTA CAPTAR A ESSÊNCIA E ENXERGAR A BELEZA DO CORAÇÃO É UMA LINDA RARIDADE.

Eu tento ir além das aparências.
Eu tento sair do superficial.
Eu tento enxergar a beleza do coração, porque essa é a beleza que importa, sabe? Essa é a beleza que fica e que faz ficar.
Ensinei meu coração a focar na parte que importa: nas atitudes, nos pequenos gestos, nas demonstrações que, somadas, mostram o que as pessoas realmente sentem por mim.

Não me encanto por ostentação material.
Esbanje amor na minha frente.
Esbanje gentileza.
Esbanje o bem.
Não para ganhar aplausos, mas porque essas coisas são tão naturais para você quanto respirar.
É isso que vai gerar em mim toneladas de borboletas no estômago.
É isso que vai fazer com que meus olhos brilhem e meu coração salte de felicidade.

Não tenha medo de se mostrar vulnerável.
Não finja perfeição, eu não acredito nela.
Seja ao meu lado aquilo que você é quando as câmeras desligam e não há luz boa para selfies. Seja do jeito que você é quando ninguém está olhando.

Eu quero te enxergar além de todas as cascas. Eu quero saber o seu sabor real: sem temperos, sem louças de porcelana.

Prometo tentar um mergulho profundo.
Prometo não me assustar com os defeitos.
Prometo não julgar as cicatrizes.
Prometo que vou te enxergar com olhos de empatia.
Prometo que vou respeitar a morada e cuidar bem do lugar que você me oferecer dentro do seu coração.

Eu simplesmente não nasci para ficar na beira.
Eu realmente não chego com a intenção de ficar na porta.

Eu sou o tipo de pessoa que demonstra mesmo, que tenta se envolver profundamente mesmo, que coloca intensidade mesmo. Num mundo de contatinhos, eu sou do time que tenta fazer conexões fortes e reais.

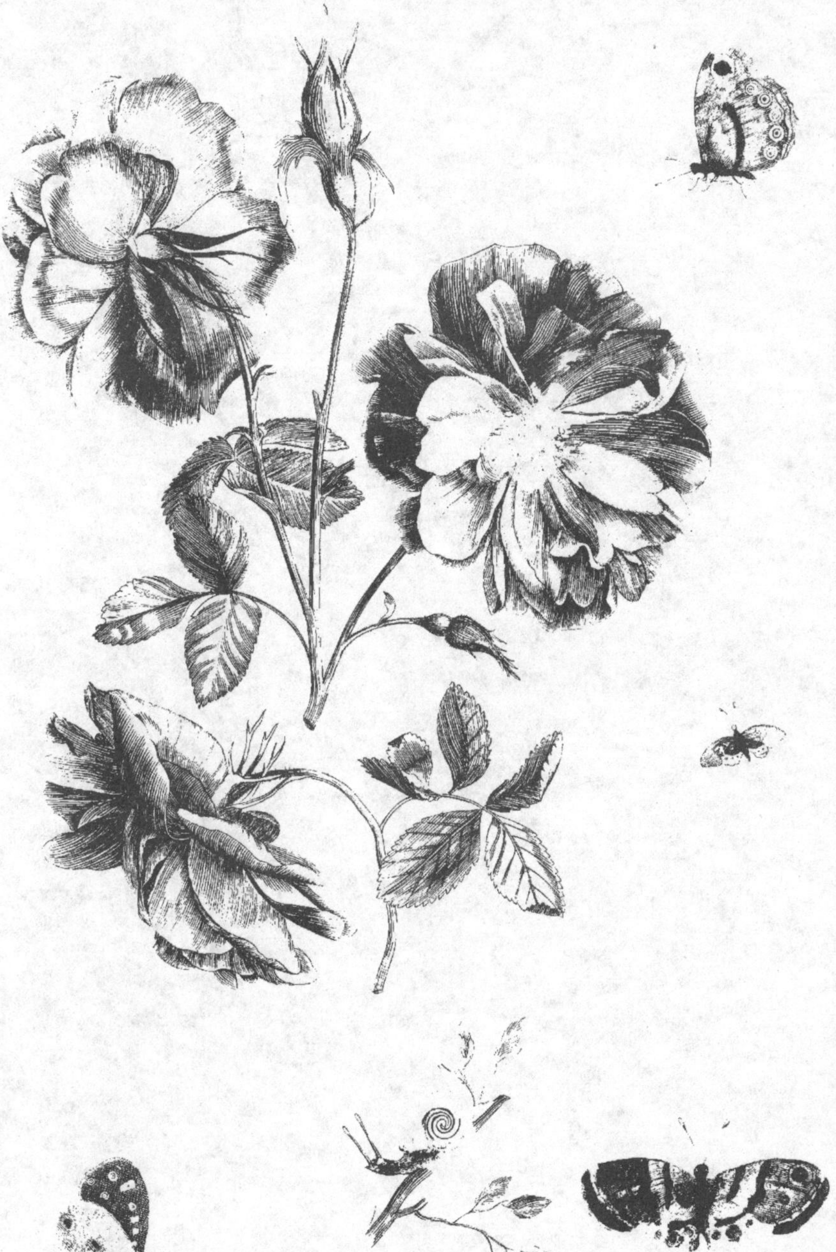

EU SOU AMOR, PENA QUE NEM TODO MUNDO É.

Eu sou amor.
Ontem, hoje, amanhã e sempre.
Amor da cabeça aos pés.
Amor e coragem.
Amor e gentileza.
Amor e cuidado ao tocar outros corações.

Eu sou amor, mas já quis ser menos assim.
Já tentei endurecer.
Já tentei me tornar mais frio.
Assumo que tentei.
Mas minha essência resiste.
Minha essência luta com todas as forças para se manter intacta.
Minha essência faz de tudo para permanecer bonita.

Amadureço, cresço, evoluo, aprendo com os erros, crio determinadas barreiras que tentam manter meu coração intacto.
Encontro formas de dizer "não" sem me sentir culpado.
Sei as horas de me colocar em primeiro lugar e não me sinto mais a pior pessoa do mundo quando faço escolhas que vão me trazer paz.
Tomo decisões difíceis, todas elas com o intuito de buscar minha felicidade.

Sou amor, mas também sou maturidade, racionalidade, equilíbrio.
Demorou, mas encontrei um jeito bonito de manter meu coração aquecido, mas ao mesmo tempo protegido. Ainda bem.

Sou amor,
e me orgulho muito
da minha essência,
do jeito que toco o
coração das pessoas
e da forma como
**DEMONSTRO O
QUE SINTO.**

EU AMO
SER AMOR.

ESSA NOVA VERSÃO SUA É APAIXONANTE.

Você mudou, né?
Dá pra ver. Dá pra sentir.
Tá na cara. Tá nas atitudes. Tá no jeito que você fala, olha, respira.
Tá transbordando.
É de dentro pra fora, percebi.
É como se a beleza de dentro quisesse sair.
E ela sai. Ô, se sai.

Você mudou para melhor.
Você cresceu, amadureceu, evoluiu, foi mais longe nessa história de ser a melhor versão de si.
Fez isso por você, não por ninguém.
O que as pessoas acham é consequência, e não o objetivo.
Foi um acordo bonito entre você, seu coração, seu corpo, sua alma.
Foi para ser ainda mais feliz.

Sua nova versão é empolgante.

Desperta vontade de ficar perto.

Faz os outros dizerem ao te conhecer: "Meu Deus, que pessoa incrível, vou deixar um lugar para ela na minha vida".

E você sabe que merece lugares bonitos na vida das pessoas.

Sua nova versão tem um compromisso inadiável com as coisas que merece, e não vai passar nem um minuto se contentando com menos do que uma felicidade gigantesca e amores do tamanho do planeta.

Que a sua nova versão seja muito bem-vinda, porque o mundo ficou mais bonito por causa dela.

Você levou mesmo a sério essa história de ser a melhor versão de si mesmo, hein?! Acho lindo o jeito que você melhorou e cresceu ultimamente.
**ISSO ENCANTA.
ISSO INSPIRA.**

Você está despertando nas pessoas uma sensação de **"CARAMBA, QUERO VOCÊ PERTO DE MIM"**.

SEU CORAÇÃO É BONITO, SUA ENERGIA É BOA, E EU ESPERO QUE NADA TIRE ISSO DE VOCÊ.

Seu coração é bonito. Não perfeito, bonito. Com dores e cicatrizes. Com erros e tropeços. Com superações e voltas por cima. Bonito. E eu sei que às vezes você se questiona se essa beleza toda compensa.

Porque a gente esbarra em pessoas que não são bacanas com a gente, né? Com gente sem cuidado ao tocar nosso coração. Com pessoas que não se importam se vão ferir, se vão magoar, se vão causar algum estrago. E o pior é ver que muitas delas não têm colhido nada de ruim. Dá uma sensação de impotência, né? Eu sei.

Mas os outros são os outros. O caminho dos outros e o que vai acontecer na estrada que eles percorrem é sobre eles. O que vai acontecer com eles é algo que não está ao nosso alcance. É importante se libertar disso e entender que as únicas coisas que controlamos são a nossa parte e a nossa capacidade de ressignificar tudo que passou.

Seu coração é bonito. E ele tem beleza suficiente para entender que não dá pra agir contrário à sua essência, aos seus valores e princípios, a tudo aquilo que você carrega de verdadeiro e sincero em seu peito. Você queria ter momentos de ruindade, de trocos e vinganças, de irresponsabilidade afetiva, mas seu coração bonito não deixa... E toda vez que você andar para longe das coisas boas que moram em você, seu coração vai te puxar de volta, vai dar uns tapas na sua cara e fazer você entender que você não é assim.

**Espero que seu coração nunca mude.
Porque ele é raridade.
Porque ele é cheio de beleza
e motivos para ser admirado.
Porque ele é um lembrete de
que o mundo pode ser um lugar bom.**

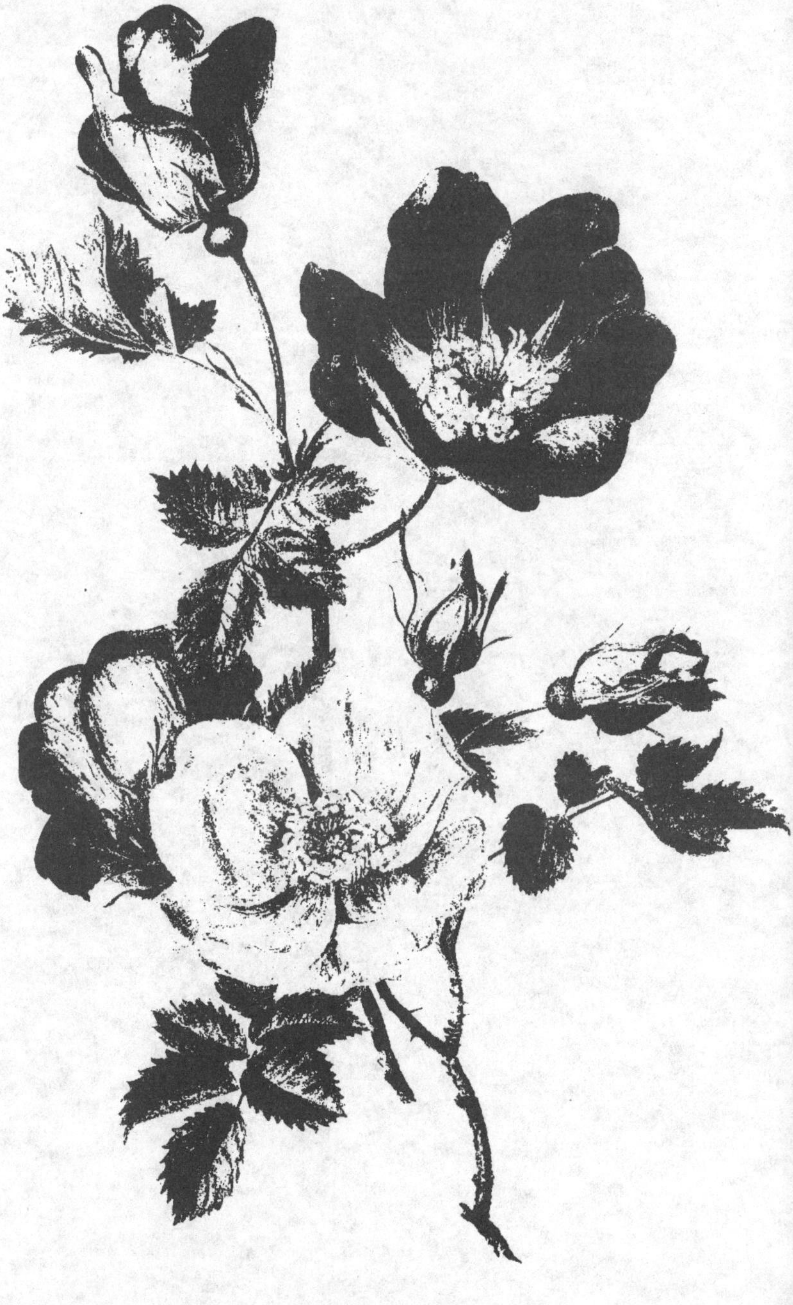

VOCÊ É AQUELE TIPO DE PESSOA INCRÍVEL QUE DEPOIS DE PASSAR POR COISAS RUINS ACABOU SE TORNANDO MAIS INCRÍVEL AINDA.

Você tinha tudo para se tornar pior. Você tinha tudo para transformar seu coração em algo parecido com pedra. Você tinha todos os motivos do mundo para se transformar em alguém parecido com quem te machucou. Seria justificável se sua forma de enxergar o mundo se tornasse mais dura e pessimista.

Sim, você passou por um período em que carregava mágoas e sentimentos ruins. Sim, você olhou o mundo ao seu redor com raiva e ressentimento. E isso tudo é normal. É normal, depois de tudo que você viveu, passar por um processo de endurecimento, mas logo você percebe que esse processo foi uma transição para a sua fase mais madura. Você se fecha num casulo e sai melhor, conservando as partes bonitas que você chegou a acreditar que tinham escorrido com as lágrimas. Elas só estavam escondidinhas no meio da dor. A dor sempre passa. Você continua.

Você é aquele tipo de pessoa incrível que depois de passar por coisas ruins acabou se tornando ainda mais incrível. Você juntou tudo que passou e fez a escolha mais difícil (e também a mais bonita): não se tornar alguém pior, mas também não continuar a mesma pessoa. Você escolheu ser alguém melhor. Trouxeram dor para a sua vida; você a transformou em aprendizado e amor. Decepcionaram você; você extraiu lições, amadureceu e encontrou formas mais eficazes de proteger seu coração. Não te amaram de volta, você descobriu como se amar em dobro.

Você está aí conservando as suas partes mais bonitas. Você está aí fazendo um malabarismo invejável e mantendo o equilíbrio entre amadurecer e manter os pedaços mais importantes da sua essência. E isso, meu bem, simplesmente é raro. Simplesmente é incrível. Simplesmente não tem preço.

Você tinha a opção de se tornar alguém pior, mas preferiu crescer, melhorar e se tornar uma pessoa ainda melhor. Essa conquista é gigantesca.

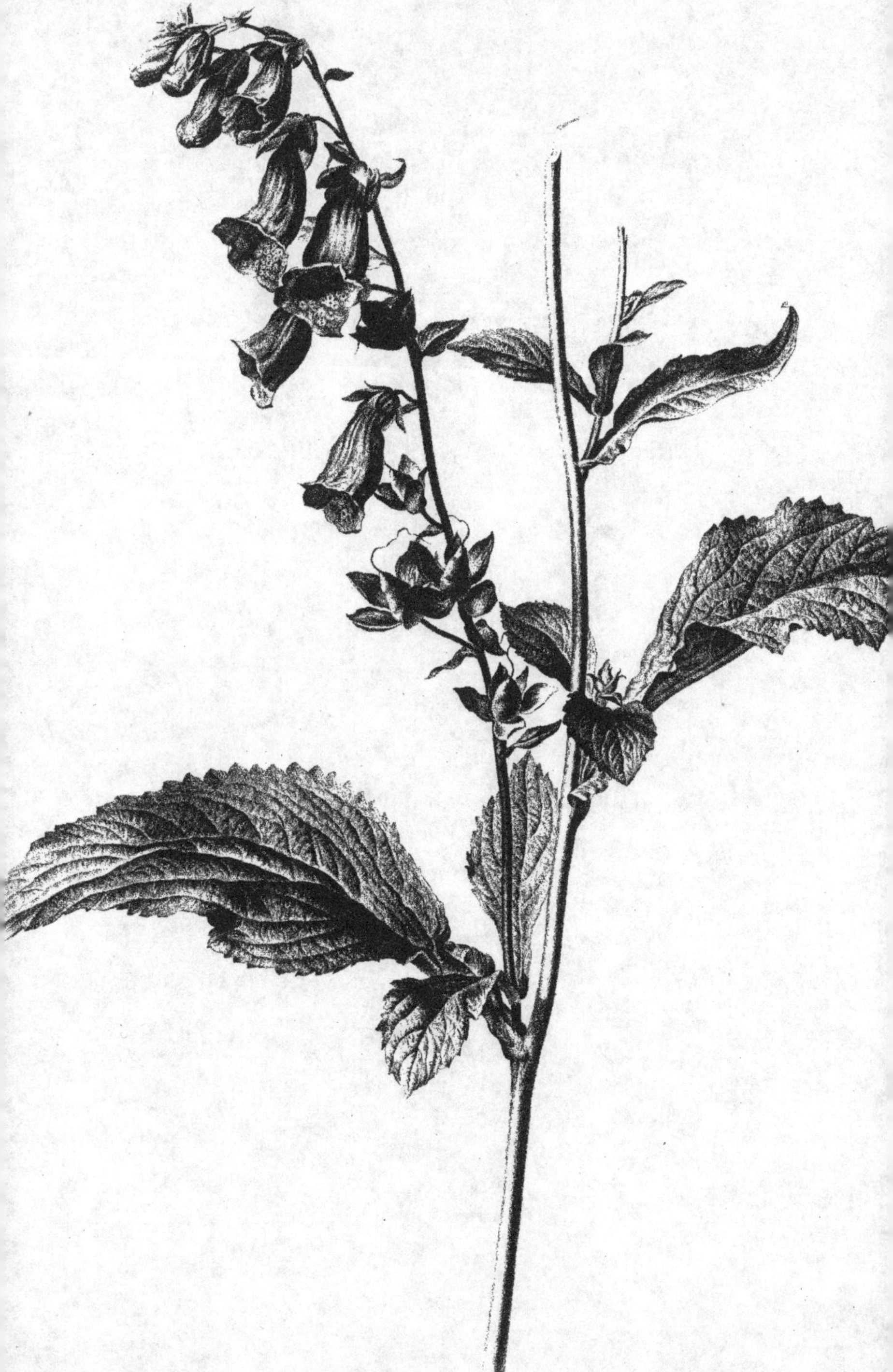

FICAR FELIZ COM A FELICIDADE DAS OUTRAS PESSOAS É UMA DAS MAIORES PROVAS DE CORAÇÃO BONITO.

Se você está na minha vida, vou torcer por você, vou ficar feliz por você, vou querer comemorar as suas conquistas. Quero ver todo mundo bem, isso é fato, principalmente as pessoas que estão ao meu redor. Quero ver você conquistando o mundo, realizando sonhos, dormindo e acordando com motivos bonitos para sorrir e ser feliz. Acredite, isso tudo me faz bem.

É clichê, eu sei, mas aquela frase curtinha que roda por aí na internet é extremamente real: "Se te faz feliz ver o voo dos outros, você entendeu tudo". Gente que fica feliz com a felicidade alheia é outro nível, né? Não cultiva inveja, não gasta energia torcendo contra, não fica acumulando sentimentos negativos. A realidade nua e crua é que gente feliz quer ver outras pessoas felizes e, se tem uma desavença ou um inimigo qualquer, se torna, no máximo, indiferente, porque eu mesmo não atingi esse estado de evolução em que quero a felicidade de gente babaca, convenhamos, né?

Ficar genuinamente feliz com a felicidade de quem está do seu lado é uma das maiores provas de amor. Não tentar cortar as asas, torcer pelo sucesso do voo e, de vez em quando, voar junto. É isso que faz o amor ser algo tão bonito. Essa possibilidade maravilhosa de compartilhar felicidade, ou melhor, de multiplicá-la, expandi-la, celebrá-la.

Quem fica feliz com a felicidade dos outros vive leve e entende muito sobre a vida.

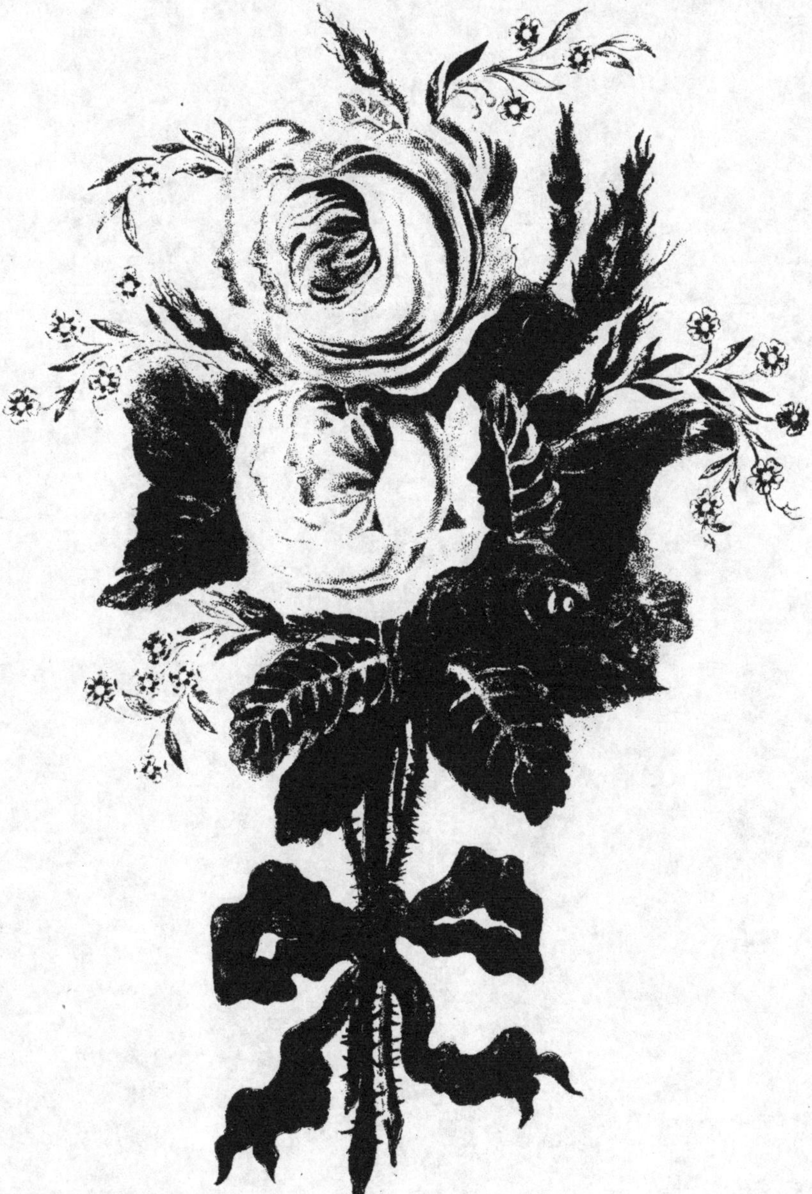

É UMA COVARDIA GIGANTESCA DIZER "A GENTE NÃO TEM NADA" DEPOIS DE TER TANTO COM ALGUÉM.

É feio demais chamar de nada aquilo que foi vivido.
Mesmo que aquilo que foi vivido não tenha tido um nome ou um rótulo bem definido.
Mesmo que não tenha sido algo tão importante assim.
Pode não ter sido muito, mas jamais poderá ser reduzido a "nada".

Se fez bem, se contribuiu de alguma forma para conseguir sorrisos, se ensinou, se trouxe algum aprendizado que vamos levar pra vida, se teve uma mínima intimidade, se foi real, mesmo que breve, foi alguma coisa, sabe? Não faz o mínimo sentido chamar de nada.

Chamar de nada é dizer que não significou nada.
É dizer que o outro foi um zero à esquerda na nossa vida.
E isso é tão, tão, tão cruel.

Isso é coisa de quem não tem coragem de bancar o que sentiu.
Isso é coisa de quem encara as outras pessoas como um item que chega na vida apenas para satisfazer alguns anseios e vontades, e depois é descartado como um copo plástico ou coisa pior.
Isso é coisa de quem escolheu o raso para morar e não quer mais sair dali.

Não importa se durou um mês ou se ficamos anos juntos.
Não importa o nome pelo qual chamamos aquilo que tínhamos.
Não importa como classificamos os sentimentos envolvidos.
Eu nunca vou chamar de "nada" algo em que investi meu tempo, coloquei meu coração e compartilhei intimidade. Nunca.

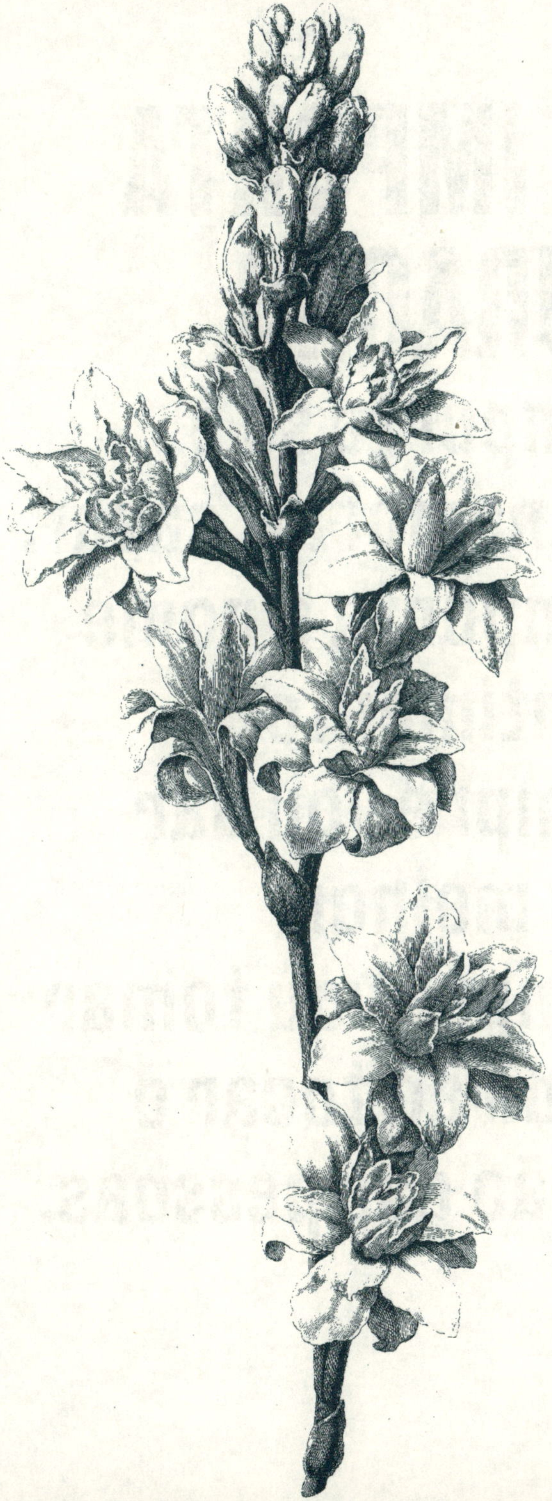

NÃO IMPORTA A DURAÇÃO.

Não importa se é ficar, namorar, casar. Não importa o nome do sentimento. Eu sempre vou dar o meu melhor. Eu sempre vou tomar cuidado ao tocar o coração das pessoas.

EU SEMPRE VOU VALORIZAR A CONEXÃO QUE FOI CRIADA.

É A GENTE SE DESPEDINDO DO QUE TEM QUE IR, E A VIDA MANDANDO AS NOVIDADES QUE TÊM QUE CHEGAR. O CICLO É ESSE.

Histórias acabam.
Ciclos se encerram.
Amores se transformam.
Sentimentos mudam.
A gente muda.
É a vida, sabe?
Eu sei que você sabe.
Ou deveria saber.

É questão de sobrevivência aprender que os pontos-finais fazem parte da vida, mesmo que eles sempre machuquem como se fosse a primeira vez.
É importante não dar peso ao que já é pesado e dolorido.
É bonito entender que você deu o melhor de si e que os fins não apagam o que foi vivido e sentido.
Foi um ciclo que se encerrou, e não um caminhão de tinta branca pintando as paredes da sua memória.

Sempre fica alguma coisa.
Seja um casaco esquecido no armário.
Seja uma tonelada de aprendizados.
Sempre fica.

E a gente continua, ah, continua demais. Continua porque o novo sempre chega.

Todo espaço que se abre na vida vai ser preenchido por uma novidade.

É se despedir do que passou e abraçar os recomeços.

Tem sempre um nos esperando.

A GENTE SEMPRE PODE AMAR DE NOVO, SER FELIZ EM DOBRO, VIVER COISAS MUITO MELHORES DO QUE AS QUE PASSARAM.

Quando o novo amor chegou, eu estava numa fase desacreditada, sabe? Fui tolo o suficiente para achar que o amor não era pra mim. Pensei, confesso, que tinha azar no amor e bobagens parecidas. Fiquei por um tempo contaminado com ideias incompatíveis com minha essência romântica. Passei um tempo, ouso dizer, traindo quem sou.

Quando o novo amor chegou, eu não estava contando com a possibilidade da chegada de sentimentos bons na minha vida, e acho que a minha vida nem estava tão organizada para receber uma visita tão importante. Quando o novo amor chegou, o cabelo estava mal cortado, a dieta tinha desandado, eu tinha pilhas e pilhas de trabalhos para terminar. Não foi numa segunda-feira com tudo meticulosamente no lugar, foi numa quarta-feira, numa conversa despretensiosa depois do almoço. Sim, o amor realmente não precisa de um contexto bem elaborado para surgir.

Quando o novo amor chegou, eu não sabia se servia chá ou café, mas eu já tinha descoberto que ela detestava açúcar. E adoçante. Ela era rebelde mesmo. E corajosa. E num estágio de evolução espiritual a que só pessoas que não precisam de açúcar ou adoçante chegaram. Não ria. É sério.

Quando o novo amor chegou, não teve nenhum aviso formal, nenhum sino, nenhum alarme, eu apenas sabia. Sabia que era amor. Sabia que queria amar. Sabia que estava sendo amado de alguma forma. A gente apenas sente. Quando é amor, a gente simplesmente sente. Comprovando que existe mágica nesse mundo e que nem tudo pode ser matematicamente explicado. Convivemos, nos conectamos, descobrimos coisas bonitas em comum, compartilhamos medos e dúvidas, histórias e visões de mundo, e o amor surgiu sutil como uma pluma, impossível de ignorar como um elefante num apartamento de 25 metros quadrados.

Quando o novo amor chegou, eu não sabia como seria a vida dali pra frente, mas o futuro não assustava. Eu queria desfrutar cada pequeno grama de sentimento que eu carregava no peito. E acho que ela também. Sem roteiro. Sem esperar que o Universo todo se organizasse e estendesse um tapete vermelho para que a gente vivesse aquilo. Quase tudo estava bagunçado. Mas o amor também é uma bagunça boa. É por isso que nunca mais deixo de acreditar nele. É por isso que eu e o amor combinamos demais.

O amor gosta de chegar quando estamos distraídos, quando estamos simplesmente ocupados vivendo nossa vida, quando estamos andando de mãos dadas por aí com o amor-próprio.

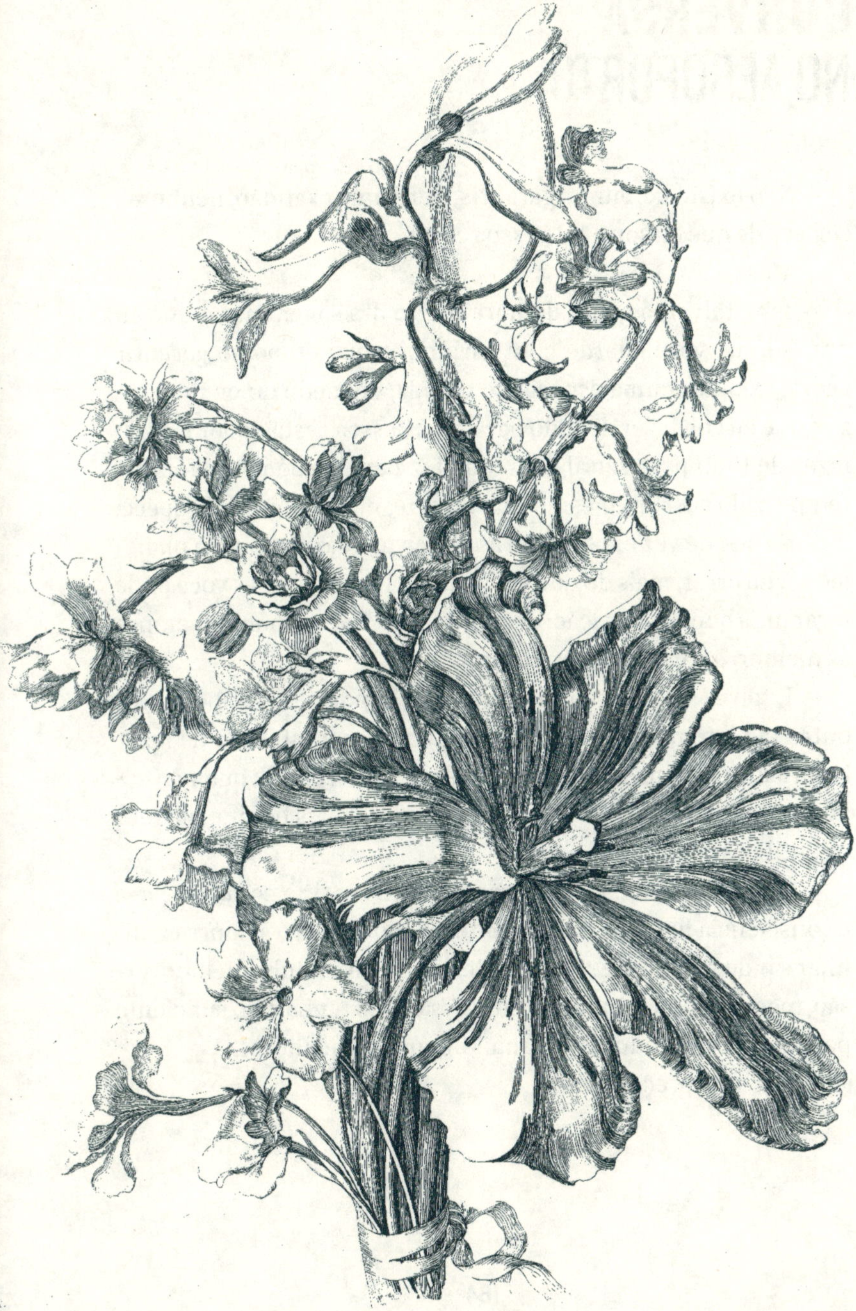

CONVERSA NO AEROPORTO.

— Não existe nenhuma garantia, nenhuma exatidão, nenhuma certeza de que eu sou a tal pessoa certa.
— Mas você é.
— Isso, talvez, a gente demore muito pra saber, mas o que eu preciso que você guarde com carinho, o que eu posso garantir agora, sem nenhuma espécie de dúvida, medo ou de incerteza é que eu vou fazer de tudo para ser a pessoa certa, sabe? Eu vou fazer de tudo para ser alguém que faz bem, alguém que tenta o tempo todo acertar, mesmo que eu erre, mesmo que eu tropece, mesmo que de vez em quando as coisas não saiam como o planejado. Vou errar, mais do que eu gostaria, inclusive, mas você pode levar uma bonita sensação: enquanto eu estive ali, ofereci sempre as melhores partes do meu coração.
— E talvez seja isso o que realmente importa, né? Saber que o outro tá ali tentando, saber que o outro tem a intenção de fazer bem, saber que, mesmo que as coisas não durem ou que não sejam pra sempre, tudo foi vivido da maneira mais bonita, madura e gentil possível.
— Acho que isso não tem preço. Quero sentir o coração leve e a consciência limpa antes, durante e depois, quero sempre caminhar e ir dormir com a sensação de que eu fui a minha melhor versão, mesmo que a minha melhor versão não tenha sido suficiente para que as coisas durassem mais ou fossem melhores.
— Não tem preço.

EU TE DESEJO CORAGEM.

Coragem para enfrentar as dores e para encarar de frente a força que talvez você nem saiba que tem.
Coragem para ser amor enquanto o mundo se torna frio e indiferente.
Coragem para aceitar as mudanças, mas também para manter a essência bonita.

Eu te desejo coragem.

Coragem para seguir sua vida quando as pessoas decidem ir embora dela.
Coragem para se reconstruir sem alguns sentimentos.
Coragem para encontrar dentro de si as respostas de que você precisa.

Eu te desejo coragem.

Coragem para tomar decisões desconfortáveis.
Coragem para fazer escolhas que protejam seu coração.
Coragem para priorizar sua paz.

Coragem! Eu te desejo coragem. Muita, muita, muita coragem.

Coragem que eu sei que você tem.

Eu te desejo coragem.
Coragem para ir atrás do que te faz bem.
Para colocar sua paz em primeiro lugar.
Para ser fiel à essência.
Coragem. Muita, muita, muita coragem.

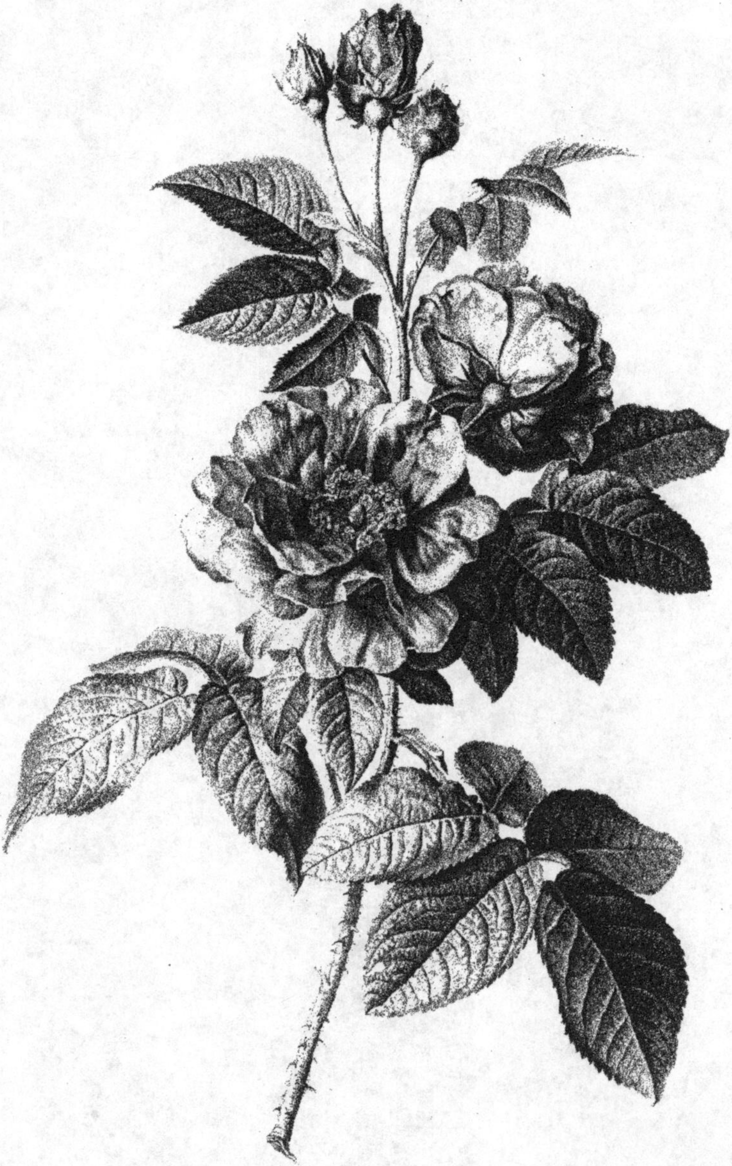

NINGUÉM APAGA O BEM QUE FOI FEITO E O AMOR QUE FOI DADO.

O amor que foi dado sempre volta.
Não, longe de mim achar que a reciprocidade vai sempre existir.
Mas o amor que a gente colocou no mundo sempre faz uma curva, mesmo que distante e lentamente, e volta para nós.
Amor nunca é desperdício.
Cada um recebe o que dá.

Sim, às vezes parece em vão.
Mas fizemos aquilo que nosso coração mandava naquele momento, e isso é ser fiel ao que somos e sentimos.
Fomos aquilo que nossa essência gritou para sermos e aprendemos lições valiosas.

Eu só preciso te pedir para nunca mais se culpar por ter sido bom, por ter amado com verdade, por ter tentado fazer bem, por ter colocado coisas boas na vida das pessoas que cruzaram o seu caminho.

O amor que você deu sabe bem o seu endereço, e é isso que importa no fim das contas.

Eu já me senti a pessoa mais boba do mundo
por ter feito tanto por pessoas que
fizeram muito pouco ou quase nada por mim,
mas hoje sei que o que importa mesmo
é a sensação boa de estar
com a consciência tranquila.

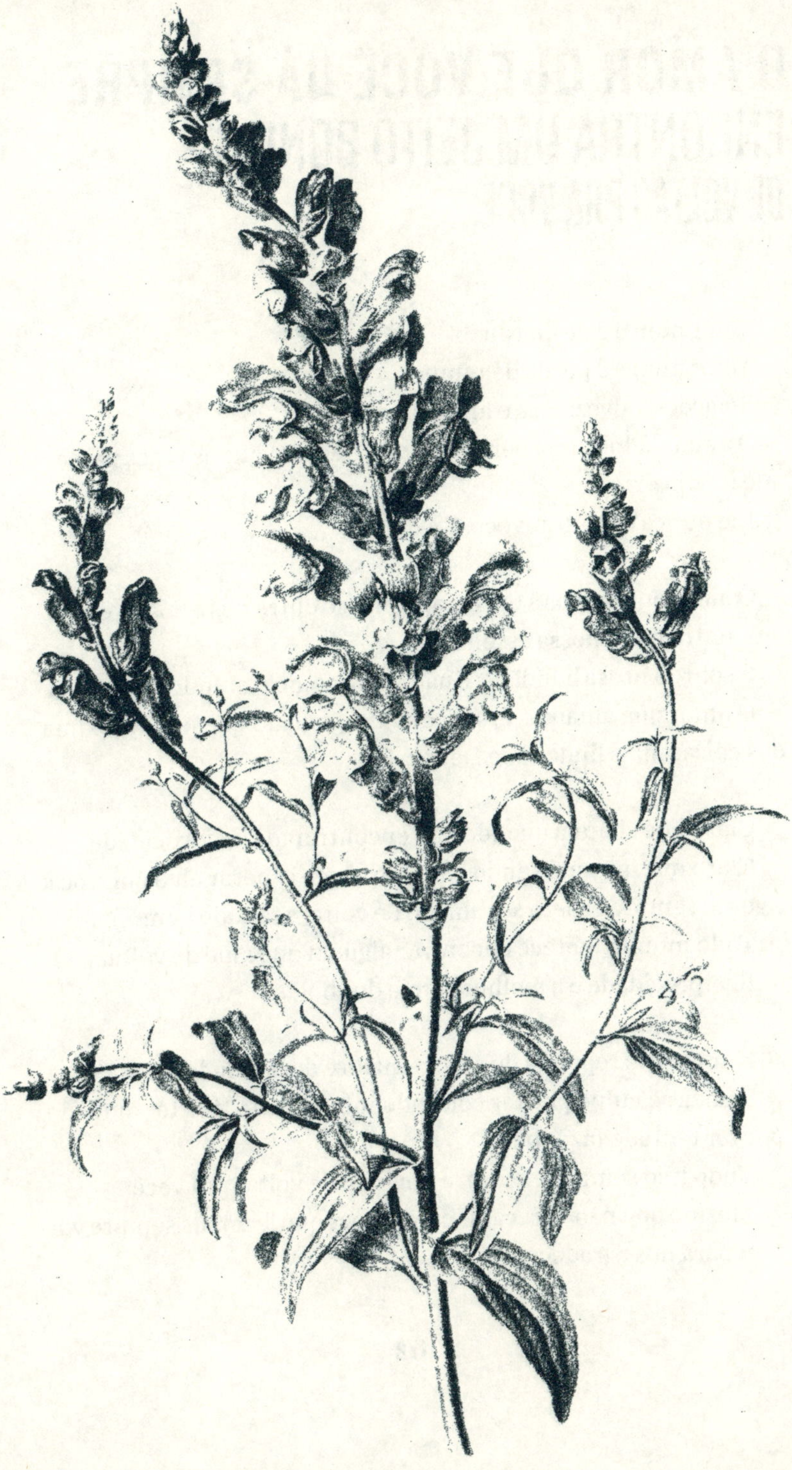

O AMOR QUE VOCÊ DÁ SEMPRE ENCONTRA UM JEITO BONITO DE VOLTAR PRA VOCÊ.

Amor nunca é desperdício.
Amor nunca é perda de tempo.
Relações, talvez, mas o amor, jamais.
O amor dado é uma bênção bonita, mesmo que às vezes pareça que foi um erro.
Ele nunca é um equívoco.

O amor que damos é um compromisso entre nós e nós mesmos.
É entre nós e nossa essência.
É sobre a nossa bondade, e não sobre como o mundo reage a ela.
O amor que amamos é, sem dúvidas, um ato que nos aproxima das coisas mais lindas que Deus criou.

Claro que chateia quando não encontramos reciprocidade.
Claro que, mesmo sendo genuíno e sem esperar algo em troca, a gente sempre espera ser amado de volta, e tá tudo bem.
Todo mundo merece encontrar alguém que ame de volta.
Reciprocidade é a melhor cereja dos bolos.

Nunca se arrependa do amor amado e da bondade feita.
Nunca se culpe por ter colocado intensidade, por ter ajudado, por ter tentado fazer bem.
Tudo isso sempre encontra um jeito de voltar pra você.
Mesmo que não pareça, as coisas boas que fazemos sempre voltam para nos agradecer.

O bem que você fez
tá feito, nada pode apagar.
Orgulhe-se disso e siga em frente
com a consciência tranquila.
Ela não tem preço.

UM CORAÇÃO BONITO SEMPRE RECONHECE OUTRO.
Você não precisa se desgastar tentando mostrar a beleza do seu coração.

Aqui termina a estrada que começou no *Pra você que teve um dia ruim,* passou pelo *Pra você que sente demais* e agora chega no *Pra você que ainda é romântico.* Sentado olhando para a tela do computador, passa um filme na minha cabeça. Recapitulo momentos. As noites que virei escrevendo cada página. Os momentos solitários em frente a uma tela branca enquanto as ideias chegavam. O amor que coloquei em cada palavra. Espero, de coração, que esse amor tenha ficado perceptível. Dei o meu melhor. E é só isso que podemos fazer, sabe? Dar o nosso melhor. Sempre. As melhores partes de nós. Nossa empatia. Nosso afeto. Nossa compreensão. Nossa disposição para fazer o bem. É isso que nos cabe. E, sim, eu sei que nem sempre a gente consegue. E tudo bem também. O importante é tentar. Que continuemos tentando ser a melhor versão que podemos ser. O mundo agradece. A vida retribui. Pode anotar aí.

Com amor,
Victor.

LEIA TAMBÉM

VICTOR FERNANDES
PRA VOCÊ QUE TEVE UM DIA RUIM

VICTOR FERNANDES
PRA VOCÊ QUE SENTE DEMAIS

Victor Fernandes
Coisas que preciso te dizer hoje
Mensagens para abraçar seu coração